あれこれ見て最初に購入したのが、
タクーン・パニクガルの就任によって生まれ変わった
田崎のパール。しばらくしてピアスも登場。
りぼんモチーフのネックレスはティファニーで
親友とおそろいです。

若い頃はTシャツにコルセットをつけたりして、
ごてっとしたおめかししてました。楽しかったな。

右が初めて買ったマロノ、りぼんつき。隣のアライアはニナ・リッチのドレスに合わせたもの。左ふたつはサンローラン。こんなにヒールが高くても走れてしまう不思議。奥のは、通称エビ娘。でも、子ども生んでからほとんど出番なし(涙)。

贅沢の親玉ケーリー＆バーキン。バーキンは35パソコンもゲラも入るので重宝します。持ち手にツイリーを巻くと愛着が出るし、しっかり握れる。でも、バーキンもケリーも最近はどこを探しても売ってないし、並行輸入のお店なんか倍以上の値段で白目だよ。ベニュワールは15年選手でこのでっぷりしたデザインが好きだったけど。もう廃盤になっちゃった。

なんてことないサマーセーターもバレンティノの
細なお花がついているだけで生まれるこのうっとり感＆
この値段。なんの花かわからないけど、いちばん好きな
クリスマスローズっぽいなって勝手に思っています。
ほとんど何も入らないけど持ってるだけでうれしくなる
バラの花束みたいなクラッチバッグ。

シモーヌ・ロシャのセットアップドレス。
ロシャはちょっと甘すぎるかなあと思っていたけれど
このドレスに出会って即購入。スカートも
ペチコート感があって、パフのかたちとともに
体のラインをうまく包み込んでくれて、
気心知れた仲、みたいな一着。

とにかくたまる、パフスリーブ。
アレキサンダー・マックイーンの最後の
シーズンに買ったものや、ロンドンや
ベルリンの新進気鋭のデザイナーのもの
……パフ、見てるだけで幸せな気持ちに
なるのって何だろう、パフ……。

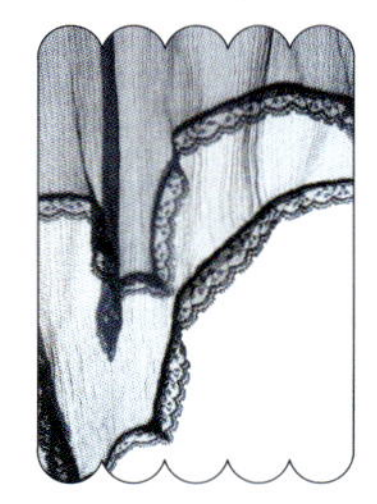

ドリス・ヴァン・ノッテンのシャツ。
2014年、どこも完売＆キャンセル待ちで入手。
裾は入れても良し出しても良し、ミニもロングも
なんでもこいの賢いブラウス。繊細なきれいな
ブルーのピンストラップ。

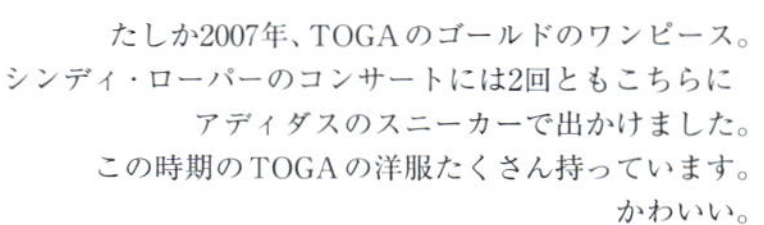

たしか2007年、TOGAのゴールドのワンピース。
シンディ・ローパーのコンサートには2回ともこちらに
アディダスのスニーカーで出かけました。
この時期のTOGAの洋服たくさん持っています。
かわいい。

持っている服のほとんどにフリルがついているんですが、
し嫌いになったらどうするんでしょうね……考えたことなかった。
ンティークのもの、あとはクロエやセレクトショップで出会った
のたち。とにかくフリルものは襟と袖と裾と質感に尽きますよね
……って、それって洋服のすべてだよね。

こちらは篠山紀信さんの写真集のための撮影で、ドレスはヴィヴィアン・ウエストウッド。きめ細やかに輝く薄いゴールドにマノロの赤。ヴィヴィアンを着たのは初めてだったけど、着た瞬間に体がぐんと音を立てて立体になる感じ、さすがだなあって感じた。
撮影：篠山紀信

ブラウスはりぼんがついていればなお良しです。クロエのシルクのものは柔らかくて軽くて着ている感じがしなくて素晴らしい。フェミニンだけどきゅっとしてるのも、とても好きです。

カチューシャ、りぼんエトセトラ。
つけてもつけなくても、とにかくたまる。どんどんたまる。
ベールのついたヘッドドレスは、パーティー要員。
シンプルな黒のドレスに合わせます。
顔にレースがかかってるとそれだけで肌のアラが
いっさい見えなくなるので、その点でもすごくおすすめ。
テンションもあがるし、リアルエフェクトみたいな感じ。

ンベルト・リオンとキャロル・リムが就任して
めてのシーズンに買ったKENZOのスカート。
通称、玉虫。「いつみてもおきゃんやのう……」
と話しかけながらはいてます。
ハリセンみたいだし、包装紙みたいだし、
でも紛れなく愛らしいスカートで、
でらでら光って元気でる。

こちらは資生堂の撮影。
古着のブラウスとKENZOのスカート。
モノクロでも玉虫は健在。撮影当時は37歳、
出産後のホルモンの変化で髪の毛の量も癖も減って、
ストレートパーマいらずで過ごしやすかった。
でも今はふたたび竜巻みたいに。
撮影:荒木経惟
資生堂 企業広告「わたしの開花宣言」
(文藝春秋誌2013年5月号掲載)

これはDVFのワンピース。着るとちょっとコンサバな
気分になってそれも楽しいです。白いソックスに
赤いヒールとか、とにかく靴下と合わせることが多いです。
年齢的にもまだまだいけそうな、これからも末永く
よろしく的な一着。しわしわは復活。

ニナのドレス。巻きスカートで肌色＆シームレスのショーツ推奨。シフォン＆シルク＆レースで繊細の限りを尽くした感じ。着るといろいろ包みこんでくれるので、体重増加時期にも心強いニナなのだった。

20年選手のネグリジェは一度もボタンが取れたこともなく、ほとんど色褪せることもなく、恐ろしい。フランス製で当時1万円くらいで、思いきって買ったのをよく覚えてる。さくらんぼ模様。さすがに70歳とかになってこれはキツいか。でも着るよ。

冬場はこれを着て紅茶。雰囲気でます。ワコール製。

背中一面に金のビーズの刺繍が入っているフェイク・ロンドンのシャツはクリーニング屋に出したら10秒くらい沈黙が流れた。
左のTシャツは10年前くらいにベット・ミドラーのコンサート@NYで買ったグッズもの。透けるのでブラジャーが必須だけど、本当は素で着たいよね。

19歳くらい。60年代ファッションが恥ずかしい
くらいに流行ったんです。毎朝頭をブロッキングして
逆立てて、がっちがちにスプレーして、
こんもりセットしていました。足下はもちろん
サボとかウエッジソールの竹馬みたいなサンダルで。
当時の恋人と喧嘩している最中でのふてくされた一枚。
このネックレスめっちゃつけてた。懐かしい。
眉毛が細い。

通称、錦鯉。まだプッチが流行るまえ、
何もかもがうまくいってないとき、
カンフル剤みたいな気持ちで清水の舞台買いして
うちの子に。元気ないときによく着ては、
いつも励ましてもらった。
しんどいときをともにした相棒感ある。

21歳ぐらい。髪の毛に毎朝せっせと
毛糸とかエクステつけたり
編み込んだり、頑張っていました。
どこにあったんだろうそんな気力＆
時間。重ね着とかね、懐かしい。

おめかしの引力

川上未映子

朝日文庫

本書は二〇一六年三月、小社より刊行されたものに、「フィガロ」で連載された「あらゆる魔法をオンにして」、語り下ろしインタビュー「おめかしについてわたしたちが知っている二、三の事柄」を加えました。

おめかしの引力

はじめに

ファッションについてのあれこれを連載しませんか、とお誘いいただいて始まった「おめかしの引力」。当初、半年の約束だったのが、一年が経ち、三年が過ぎ、そして気がつけば六年間。そのときどき、わたしを夢中にさせてくれたおめかしについて、書いてまいりました。

本文でも幾度となく触れているけれど、おめかしについて書いてはいても、本当はおしゃれでもなんでもないわたし。でも、おしゃれかどうかなんて、おめかしをする心とは関係あるようで、ないんですよね。

おめかしって、いったい何だろう。べつにわからなくてもいいけれど、一喜一憂、という四文字には収まりきらないほどに気持ちを上げたり下げたり、全身にみなぎる正体不明の万能感、そしてやってくるとめどもない自己嫌悪。ときに圧倒的に下らないと思えるくせに、でも、どうしようもなく惹かれてしまう。馬鹿馬鹿しいのに、気がつけば自分を作る大切なひとつとして、遠くで近くで、いつもきらきら光ってる。おめかしをめぐるあれこれには、手に触れることができる以上のものや問題がじつはうなるように潜んでいて、だからこそ、生きることとおなじように、わたしたちをとらえて決して離さないのだと思います。

一冊にまとめるにあたって、せっかくだったら本文で触れたもの――フリルとかりぼんとか二十歳のときから着てるネグリジェとか、バッグとかその他もろもろの写真を載せたいな、と思いました。いわゆるおしゃれな人たちのスタイルブックとは似ても似つかない、どちらかというと飛びこんでぶつかって失敗をくりかえしてきた日々を記録した「おめかし満身創痍録」みたいな感じですけれど、「ああ、これがあれだったのか」とか「これはないわー」とか、おしゃべりするようなあんばいで楽しんでもらえるといいな。

巻末のインタビューは、江南亜美子さんにお世話になりました。文芸業界ではなかなかおめかしについて語る場も人も少ない印象があるのだけれど、彼女はいつもはっとするお召し物をお召しでいらして、会うといつもお互いの目がきらっと光って、楽しいです。どうもありがとう。

そして装幀から一冊まるまるを、こんなに素晴らしく仕上げてくださったのは、吉田ユニさん。思わず息をのむような、素敵な世界をつくりあげてくださいました。表紙はまるでここにしか存在しない部屋のよう。なんて色、なんて髪の毛、なんて引力。本当にありがとうございました。

そして、この本を手にとってくださったあなたに。

あなたにしか作用しないおめかしの引力を感じながら、楽しんでいただけたら、とてもうれしいです。では「おめかしの引力」、はじまりはじまり。

川上未映子

おめかしの引力●目次

はじめに　4

おめかしの引力

「大阪部」がすこんと顔を出す　16
絶壁矯正、いくら出す？　18
カラータイツで出かけたら　20
「美」を支える無根拠の力　22
猛暑にコート「早巻きの夏」　24
おしゃれとは無縁の秋　26
秋冬必須のとっくりですが　29
流行に乗って、ふたをして　31
パンツはけない初期設定　34
ぎりぎりを踏んばる自信　36
眉をめぐる緊張と快感と　38
ワンピースと納豆　40
三万円下着の底力　42

気づけば空母になっちゃって 44
お財布、いっこ主義。 47
地に足つけてというけれど 49
りぼん問題、インサマー 51
富と余剰のハーモニー 54
魔法をかけられたい秋 57
ネグリジェよ、永遠に？ 60
愛という名の指輪 63
ファストファッションに弾かれて 66
逆シンデレラみたいな贅沢 68
取り調べサイン会 70
ご機嫌なのです、大眼鏡 73
愛のリサイクル 76
壊れそうなドレスを着たい 78
ときめきパフスリーブ 80
名づけの快感 83

シルクが藁になる瞬間　85
愛するシルク、美文で復活　87
かわゆいスヌーピーに夢中　89
ロングスカートは命がけ　91
セレブ洗剤の使い道　93
自粛のつもりはないけれど　95
節電の世界で見えるもの　97
あこがれの太眉女子　99
着倒れを夢みて　101
求む、ブラジャー革命　103
ブラジャー革命、その後　105
ダッフルは誰の思い出？　107
ハイブランドの幻惑　109
指さきの小さな愉悦　111
流行と自意識　113
シルクに目覚めて　115

真珠のささやき 117
ぺたんこ靴の真実 119
ドレスの行く末 122
当たり前じゃない、当たり前 125
涙代わりのダイヤモンド 127
部屋着革命ならず 129
ときめきは葬りきれない 131
「キヨシ」姿で育てるはずが 133
「凄玉」こそのシャネルの「5番」 135
理想のガウンを探して 137
しんどくてもエディの虜 139
デビルマン2013 141
ぴんと伸ばした背すじのはずが 144
九〇年代って、もう「昔」なの? 146
「モテ」との関係、あるのかな 149
伊勢丹で日割り計算をしてみる 152

前髪にそれぞれの美学 154
一級の日傘、とびきりの黒 156
ニナ！ ごめんなさい 158
ああ、金剛石よ！ 160
贈られ上手 VS. マッチョ親父 162
ヴィトンにひれ伏す 165
下着売り場、芽生えた絆 167
これからも着込みつづけます！ 169

あらゆる魔法をオンにして
あそこに咲くのは、初めて目撃する何か 172
笑顔についての二、三の事情 179
お互いを見つめるしかない瞬間が 186
あのときの、あの体で、夢をみること 193
ティファニーは女ともだち 200
着なくても最高のあなたは 206

あこがれ、着物 212
失意の中で輝く誇り 218
ファッションの点滅する喜び 225
いつだって本当の瞬間が 232
威光を借りた、素敵な何か 239
偏在するファンタジー 246

おめかしについて語るときに
わたしたちの語ること　聞き手　江南亜美子 253

おめかしについてわたしたちが
知っている二、三の事柄　聞き手　江南亜美子 285

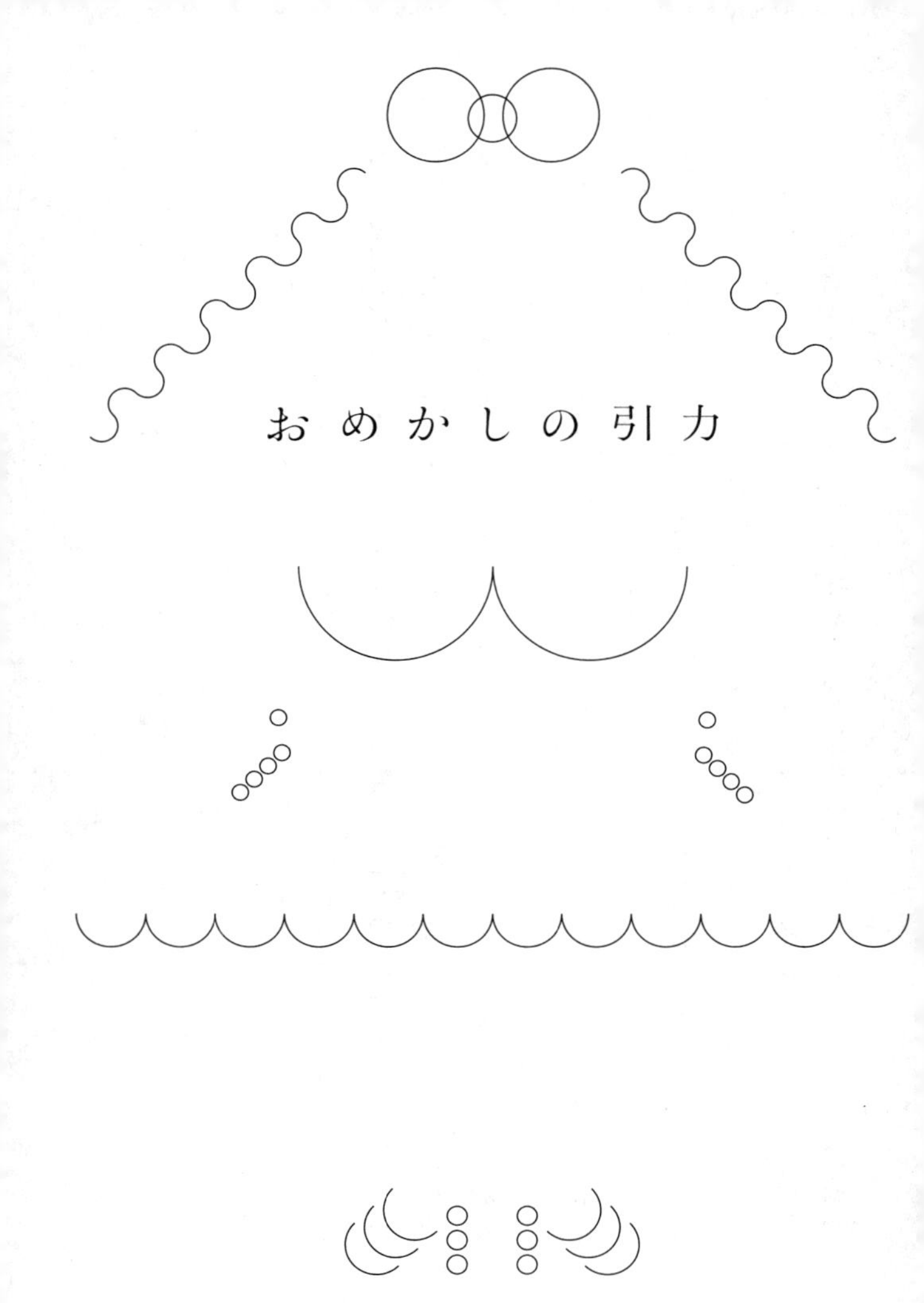

おめかしの引力

「大阪部」がすこんと顔を出す

動物というものは、だいたいにおいて、見ても触っても愛しい。毛なのか、黒目がちなところなのか、何もかもがあまりにもかわいらしくって、彼らの顔が大きくプリントされていたりすると、手にとって見つめてしまう。そしてだいたい買ってしまう。満面の笑みにくわえて少々誇らしい気持ちでそれを着て歩いていたりすると「あ、ミエコさん、やっぱりね」なんてこと、東京の友人にいわれるのだった。

これはどういうことかというと、東京人にとっていわゆるアニマルプリントものの衣装というのは、いま現在そんなにおしゃれというわけでもなく、なぜか脈々と派手かつ自己主張が若干けばけばしいとされる大阪人こそが好むものであり、そういう意味での、やっぱりね、であるのだった。

おなじように、紫にゴールド、なんて組みあわせも、東京出身の女の子が着ていても指摘されることはないけれど、わたしが着るや否や「さっすが、道頓堀的な!」などといわれる始末。道頓堀とはまたピンポイントで突いてくるなと感心するけど、ただわたしは動物が好き、そしてたまにはばちっとした発色に身を包みたいというそれだけの動機でおめかしをしたつもりが、すべて「やっぱ大阪人ですよねー」という偏見というか事実というか、その一点に回収されてしまうのだ。

で、このあいだひさびさに帰阪したときに、心斎橋で友人と待ちあわせをした。彼女は雨の中、傘も豹柄、バッグも豹柄、そしてなんとタイツまで。こ、これは、とわたしも一瞬面食らって思わず「あまりにも、豹が、すぎませんか」といってしまった。しかし彼女は「え！　こっちはドルガバ、こっちはボッテガ！　何の文句があるのんよ！」と勇ましい。しばらく客観的に眺めながらも「やん。やっぱかわいいわ……」と気がついたら思ってた。東京に戻ってから即、豹柄の服を購入。東京に住んで九年目にして、あらためて大阪を発見したのだった。

（二〇〇八年四月二十五日）

絶壁矯正、いくら出す?

おしゃれとは日常の色々にぴったりと張りついてあって、思えば本当にきりがない!

クリスマスの電飾とかインテリアとか、物があるところにおめかしはいつだって発生しています。もちろん、体もそのなかのひとつです。

そんな体の基本である、やっぱり骨格というものは、これけっこう決定的なものであって、いわゆる足の長さなんかはまあヒールの高さなどで補整がきくけれど、数ある骨のなかで絶対的にどうしようもないのが、頭蓋骨、いわゆる頭の形であります。

だいたい頭の形がこう、後ろに丸くてキマっていると、無造作に髪をくっても様になるというか、おしゃれなんですよね。わかりますでしょ、あの感じ。わたしの場合、生まれてこのかたすさまじい絶壁なので、ポニーテールなんかすれば襟足から結び目までが一直線で、本当になんか、変なんですよね。くくらなくても全体に四角で丸みがなく、なんか角度として、色々がおかしい。いい感じにアンニュイに、髪を無造作に、まとめてみたい。

そんな憧れの形に頭蓋骨を矯正できるならいくらまでローンが組めるか、なんてこと、根性を見せあっておなじ境遇の友人と話して、淋しく盛りあがったこともありました。「死ぬ気で二百万」というのが、そのときの精いっぱいでした。

ってな話を、今度は素晴らしく完璧な奥ゆきの頭をもつ、べつの友人にしてみると、どれどれ、わたしの頭を触って「これは……すっごいね、頭半分ないね……こんなのあるんだー」ときれいな笑顔はお気の毒ね、を語っていた。それから「あ、いいこと考えた！　後頭部の髪のなかだけ短く切ってさ、そこにパンチパーマかけてもらえばいいんじゃん？　膨らむよ！」ですって。

そんなこと、もうとうの昔に考え済みだっつの。和髪にするときに膨らますために使う、黒くてちりちりした「けたぼ」というグッズも美容室の人に頼み込んで手に入れて、髪をくくるときはいつだって後頭部に押し込んでるっつの。色々大変なんだっつの。

（二〇〇八年五月二十三日）

カラータイツで出かけたら

去年の秋から冬にかけてカラータイツが、なんでやの、というくらいに流行りまくり、誰も彼もが文字通り、色っぽい足で街中を駆け抜けていた。

そのおかげで例年とは比較にならないくらいの色と素材の充実ぶりに、もともとタイツ愛好家だったわたしものりのりになったわけですが、こうして春を過ぎ、初夏を迎えて、先日、たんすのなかなどを整理してみると、奥から奥からあふれてくる団子状に丸められたタイツ。数えてみたら、な、なんと百足を超えていた。足は二本なのにねえ。

わたしにはこれといった趣味がない、いわゆる無趣味で、そんなことないやん、お洋服とか好きそうやん、といわれそうですが、基本的に、仕事がないと家から出なくなっているので、家にいるときにはノーメイクはもちろん、鏡も見ないし、いわゆる「おめかし」からいちばん遠い場所で暮らしているんだよね。いややわ。なので、お洋服を購入して着る、というのは、だいたいにおいて仕事の現場に関係するもので、その場合の仕事の現場というのは、取材とか撮影とか、何かしらの目的をもって人に会う、というような感じなのだ。

けれども、そういう場でのおめかしっていうのは、純粋に自分の気持ちをアゲるためにするものじゃなくて、どうもそこには冠婚葬祭とおんなじ機能があるような気がする。それってていうのは、いうまでもなく、その場やその場にいるみなさんにたいしての礼儀だから、たとえば講演やパーティーにはそれぞれにふさわしい格好というものがあるらしく、わたしも注意してはいるのだけれど、その注意の指針そのものがなんだかズレているらしい。

先日、ある出版記念パーティーでひさびさに会った友達に「ミエコさん見てたら、ほら、あの人。あの人思いだすわあ。ほら……あの人」「えっ誰やろ。あっ、もしかして、あのフランスの……」「ううん……あ、わかったっ。志茂田景樹ィ！　青いタイツもおそろいやん！　似てるー。ウケるー」だって。ああ。

（二〇〇八年六月二十日）

「美」を支える無根拠の力

「美」の基準は、いったい世界のどこにあるのでしょう。あったとしてもそれは人それぞれなんだから、そんなもの、はっきりと「ある」といえるのだろうか。

ほんとだったら、世間の大きな流れが認める「美」と、個人が感じる「美」というのは重ならなくても当然なのに、「流行」が生まれるとき、それがするすると一致してしまう。そのときみんなが夢中になっている「美」って、いったいどこからやってくるのか。

というわけで、顔の話。

目が少し離れた感じの顔が、なんだか流行っているのらしい。

流行るまえからわたしはいわゆる年季の入った離れ目の顔で、しかし思春期の頃は、これがけっこうな悩みの種でもあり、どうにかしてふたつの目、近づかないかと日々思っていた。なぜ近づけたかったのか、というのもいまから思えばとくに理由なんてなくて、ただ近いほうが美人っぽい、ぐらいに思っていたような気がする。

　アイラインを引く技術を入手してからは目頭を数ミリはみださせて描いたり、ノーズシャドーというものを買って、ささっと鼻の両脇をなでるなど、日々追われるようにやっていたけど、そんなんで本来の目の位置が変わるわけじゃない。なんで近いほうがいいのかもわからずに、いったい何をやってるんだか、少々のむなしさもあったわけで。

　で、そんなわたしを見かねた姉が「離れてんのと近いのと、いったい何が違うの？」と無根拠にぽつり。そのときは「何をゆうておるか」と思ったけれど、いわれてみれば、何が違うのか、うまく答えることもできないのだよね。

「美」に限らず、だいたいのことって根拠はなくて、何となくの習慣で、そのときどきの流れであることが多い。だからあれこれ悩みすぎるのも滑稽といえば滑稽ですね。まあ、いつだって真剣なんだけど。


（二〇〇八年七月十八日）

猛暑にコート「早巻きの夏」

七月、夏が始まったと思ったら夏物のセールが始まって終わり、八月、汗をみるみる噴きだしながら、涼しいなあ！　なんつって伊勢丹なんかに吸い込まれるようにして入っていくと、お店のみなさん、秋のお召し物召し召しで、サンダルに素足がとっても場違いな気がして、遠近感が狂ってしまう。

しかしこういった場合の認識はけっこう順応するもので、ノースリーブに足の指を出したままでも、気持ちはすっかり深まる秋だ。クーラーもがんがんに効いてるし、体感的にはまだまだ夏物を重宝するはずなのに、手に取りたいのはすっかり茶色いコートに紫のバッグ、ロング手袋、それに毛羽だったもふもふのタイツだったりするのだからなあ。「月曜日の来るのが悲しくて日曜日の夜には気が沈むのでは飽きたらず、ぐんぐん先取りして木曜日の晩には暗くなる症候群」を思いだしたりしてしまう。

とはいいながらも、つねに環境は主体をゆるがす、主体を動かすわけだから、どうせ秋に買うんだったら、いま買ったっていいじゃん！　っていう、にわか合理主義的な考えと仕事からの現実逃避とがぐるぐる巻きにあいまって、なぜか、なぜか今年いちばん暑い日に、コートなどを買ってしまった。ああ。団地＝実家の家賃よりも高いコートを……。

そしていつも思うんだけれど、体ってひとつなんだよねえ。なのに、なんでそんなにコートが要るのか。購入によって、いったいわたしの何が満たされているんだろう。

色々がわからないままに、胸のなかでは「お母さんごめーん」とぐったりしていたりして、こんなふうに喜怒哀楽を総動員して、わたしは「ショッピング」という名の、いったい何をしていることになるんだろう……けれども十五年前に買ったものでもいまだにしっかり着るほかに何の趣味もない自分なんだから、これくらい、ま、ええやないのと思い直したりもして。そんな早巻きの夏でありました。

（二〇〇八年八月二十九日）

おしゃれとは無縁の秋

本格的な秋。

季節は巡るなあ、と声に出していってみた。

細部を見れば色々あるけど、春夏秋冬は基本的にはどっしりしていて、ムラがないよなあ、と思ってしまう。

それにくらべて、わたしはどうか。まるでムラしかないような生活だ。それはこのコラムのテーマでもある「おめかし」において、最も顕著であるように思う。

先月、打ちあわせに出かけるとき、三十分ほど早く着くようにして、買うにしても買わないにしても百貨店などで色々を見たのだけれど、それがとてもとても楽しかった覚えがある。自分でも「だ、大丈夫か」と心配するほど、テンションがあがるのである。ディスプレーされているさまざまなきらきらを目に入れて歩くだけで、もろもろがビシャッと粘膜に浸透して、まるでそのままエネルギーに変換されるようで、単純に楽しいのである。力がみなぎるんである。

しかしいま現在、そういったおしゃれに向かうエネルギーが、針のさきほども残っていないことに気がついた。

　本当におしゃれでそれが好きな人は、きっと今のわたしのように家から一歩も出ないでも、仕事がうまくゆかなくても、そんなの関係なく「好き」が成立している気がするけれど、わたしは全然そうじゃなくて、いってみれば何かの埋めあわせ的に「おめかし」というものを扱っていたんだなーという事実に、はっとした。

　先月の浮足だった、おめかしへ向かう気持ちは単純な現実逃避であったのだな。しかし今月はもう、逃避する余地すら完全になくなったので、心のどこを探してもおしゃれに反応する潑剌（はつらつ）とした部分が見当たらない。おめかしへの熱意喪失。秋になったら気分良くかぶろうと思っていたニット帽も首巻きも、彼ら、何も変わっていないのにぐったりして、本質だけが抜け落ちたかのように見えるのだ。一〇〇％、わたしの気分のムラのせい。

　自分の感じるさまざまの、何という信頼のできなさだろう。

　本当のおしゃれ精神とは、とことん無縁であったということをあらためて思い知って、ちょっとだけ淋しく思う秋。まあだからこそつねに次を楽しめるともいえる秋。

でもやっぱり漂う、むなしい感が匂って切ない、そんな秋。

（二〇〇八年九月二十六日）

秋冬必須のとっくりですが

おしゃれにとって秋から冬というのはなんとも心ふくらむというか、愉しみどころが満載の季節であって、手袋、首巻き、ファー各種。欲しい&お役立ちアイテムがありすぎて困ってしまう。そのなかでも抜群に重宝し、かつ外せないのは、タートルネックではなかろうか。

わたしは「あなた、首がちょっと、長いですねえ」といわれることがよくあり（そういえばにゅっとして長いようにも見えるのだけど、これは形成外科の先生によると単に肩が下がってしまっているから長く見えるというだけで「首が長い」というのはそもそもないらしく、だいたい長さはみなおなじなのだそうだ）、「タートル着たら、かっこええやん」とアドバイスをもらうこともあって、さらっと一枚、かっこよく着られたら、と思うのだけれど、わたしは必須であるはずのタートルを、一枚も持ってない。

首を温めればセーター二枚分、とは子どもの頃から朝礼などでよくいわれていて、冬場は母によくタートルネックを着用させられていた覚えがあるけれど、しかしべつにサイズ的にもきつくないのに、どうしても首まわりが鬱陶しくて違和感があり、圧迫されている感じがぬぐえない。折り曲げても折り曲げても着心地が悪く、おしまいには気分がうえっと悪くなるというようなことがあった。理由はよくわからないままに「あれは子ども特有の何かだ」と思うことにして、大人になってから何度かタートルネックを試みたのだけれど、まったく苦しいまんまで、むしろひどくなっている。外出先で、どうにも苛々として息苦しくなってしまい、結局、お店ではさみをお借りして、首をじゃきじゃきぐるりと切って、丸首ぎざぎざセーターにしてしまったのだった。

なのでこの季節それ一枚で様になるタートルネックの陳列を見ると、「来るなよな」と弾かれてるようで淋しい。今年はいけるかも、と思わなくもないけれど、たぶん無理だろうなあ。しかしタートルネック、昔はとっくり、といったけれど、とっくり、のほうが断然すてき。自分が温かい飲み物にでもなったよう。

（二〇〇八年十月二十四日）

流行に乗って、ふたをして

おしゃれは時代を映す鏡であり、これまでも、これからも、停滞することなく巡りつづけ、いわゆる流行、というものに多少なりとも振りまわされて生きていくことを、われわれは避けられない。

がしかし！

いまもってなお、いわゆるボディコンワンピ（っていうんですかね）をお召しになり、前髪を波のように立ちあげ、もちろん瞼にはキツめの青のアイシャドー&眉毛極太、というい でたちで街を闊歩してらっしゃる人もいたりして、ごく少数だとは思うけれど、彼女たちは日々押し寄せる「今季のマストバイ！」的な何かにつかまることなく、淘汰されてきたはずのそういったおしゃれを長きにわたり、維持していたりするのだった。

「人の目なんか気にしないで、自分の好きな服を着ればいいじゃん！」という意見に反対する人はあまりいないだろうけれど、しかし明確にある時代を彷彿とさせるファッションを見ると、あっ！（笑）的な反応をしてしまうのも事実なのだった。

この反応はどこからくるのだろう。

それはたぶん「人は、どんなに時代遅れになっちゃっても、いちばん輝いていた時代の自分を捨てることができない」とよくいわれるアレに起因しているんじゃないだろうか。

そういう「イケてた自分にすがってます感」が、可笑しいのだろうか。

それとも流行を読めてないことへの、くすくす感であろうか。

要素は複合的なものだとは思うけれど、やっぱりそんなふうに「流行にばりばりに乗っかってました感」を横目でちらっと見たりすると、うまくふたをして隠していたはずの自分のなかのある部分までもが明らかにされてしまうようで、複雑な心境にもなるんだろうな。

ボディコン世代ではないわたしに相当するファッションって何かなあ、と思うと、これ！　っていうキメ流行がほんとに思いだせない。先日「もうこれは着られないな、最後にしよう」と思ったのは、高校生のときに買った肌着だけだった。

二十歳の頃に買ったネグリジェはどんなに着倒して過酷に洗濯してもほころびのひとつもなく、いまだに激しく現役なのだった。流行とはまったく関係ないパジャマなんだけどね。

（二〇〇八年十一月二十一日）

パンツはけない初期設定

ジーパンを含め、いわゆるパンツというものをこの十年はいたことがない。それはお尻が大きいことを気にしていた十代からずうっとで、そのシルエットが何というかバーバパパ、あるいはホラー映画の冒頭で、ホットパンツをはき、別荘で最初に殺害される女性のような、そういうどうしようもなさを想起させるものだからで、つまり、お尻が大きすぎるのである。

しかもわたしは身のほども知らないまま、小さなお尻にあこがれていたということもあり、そんなだからお尻をどうにか隠す方面へ必死になって、どんなときであってもスカートを死守しているのだった。

しかしこれは人にそのように（バーバパパのように）見られたくない、という思いとは少しだけ違っている。これっていうのは、あくまで自分自身との折りあいの問題なんだよね。要するに、気分が冴えないんです。身につけるもので、こんなふうに一喜一憂していた時期もあったのだな……。

とはいっても、お尻の大きな女性を非常に前向きにとらえる風潮もだんだんできたみたいで、そういうのがあると知ったのはつい最近のこと。何でも、大きければ大きいほどいい、というではないの。しかも女性発信で、ばーんとした大きなお尻を作るためにどうすればよいか、みたいな話で盛りあがってるのだから、へえ、と思った。

しかしそういうことを知っても、ほとんど初期設定に近いこのコンプレックスは簡単には溶解してはくれず……パンツというおしゃれアイテムの鉄板をこれから取り入れるためには、このタイミングしかないやないの！　恥ずかしがらずにはき倒せ！　なんていって自分を鼓舞してはみるんだけれど、そもそもスカートしかもっていないのだった……まず買わないとね。

（二〇〇八年十二月十九日）

ぎりぎりを踏んばる自信

去年はエスニックというのかしら、民族調の重ね着が流行りましたけれど、個人的にはパミール高原へ行ったこともあり、流行に付けくわえて、とてもそういう気分だった秋。

しかし本当のおしゃれ人というのは、布の質感や色や素材を知り尽くしていて、コーディネート全体のバランスがちゃんと見えているのがその条件なんだから、まったくおしゃれ人じゃないわたしには、いくら背中を押してくれる素敵なアイテムが並んでても、重ね着はやっぱりむずかしかった。

しかし、勇気はいただいた。パミール高原のみんなも、おしゃれ人の重ね着も、なんというか、ぎりぎりなんである。全体としてはとてもいいのだけど、ひとつひとつの柄を見ると、そこに集合してる意味がいまいちわからなくなる瞬間がある。色こそ近しいものがあるけど、ドット柄にしましまにペイズリー、その他もろもろ。見ようによっちゃ、こ、これは……と思わなくもない、そのぎりぎりさを最後の踏んばりでおしゃれの域に達させているのは、着ている本人の自信というか「これ以外の組みあわせは、あり得ん」というような、まさに不思議な説得力としか、いいようのないものなんだよね。

だからわたしも、色には注意しながら手持ちのけっこう派手なアイテムを鏡のまえで合わせてみた。すべては着ている人の自信次第。すると「もう捨てよ」と思っていたほとんどが「けっこう使えるやないの……」とか思えてきて、さらに今までは決して考えなかった組みあわせをあえてやってみると、なんということでしょう。どれもこれも……斬新極まりなく思えてきてしまい、赤い耳当て、毛玉だらけのブルーの縮れたカウチンに縦縞の白黒のミニスカート、ピンクのタイツ、そしてパミールルリスペクトってことで登山ブーツを合わせて、友達との待ちあわせに飛びだした。色の注意はどこにもなかった。

駅前でミュウミュウのバッグを持ちマルニのコートを着ていた大阪時代からの友達は、わたしを見つけてしばし沈黙、そのあと親指を漫画のように立て「それ、けっこうオモロいで」といって、なぜか笑顔で褒めてくれたのだった。

（二〇〇九年一月三十日）

眉をめぐる緊張と快感と

おしゃれ雑誌をめくってみれば、必ずお化粧についてのページがある。みなさん冗談のようなつるっつるの肌をして、何もかもがきれいに発色しているのだけれど、あれはフォトショップの技術が見させる涅しい夢で「あのようにはぜったいならない、わたしもう騙されない」と心の底からわかっていながら、今回こそはもしかして、とファンデーションと下地の品番を控えたりするのであって、悲しいことです。

そして顔といえば眉毛。

顔にも色々なパーツがあるけど、眉毛をいじることほどアグレッシブな印象操作もないもので、アイシャドーやリップなどの「うわ物」を変えて味わうそれとはまったく異質なものなのです。

なので眉毛の手入れは人並みにやってきたつもりだったけれど、その手入れにかんしてはどうにもムラがあり、右が剃りあがりすぎてそれに合わせて左もおなじようになり、あれえ、なんてやってると、あげくの果てにはナイキのマークを逆さにしたような、よくわからない形になったことも。

だからもう、わたしは眉を触ることはいっさい止して、この二年間、生やしっぱなしでいるのです。濃くもなく薄くもなくの毛量なので、眉毛を描くときは自毛を完全に無視して好きな線を引くことにしたのです。しかも鏡を遠くに置いて描けば、多少のことは気にならないということにも気がついた。そもそもお化粧をしてゆく先々で、顔を至近距離で見られることもないのだし。わたしは「適切な距離感」というものの本質に、初めて触れたような気すらしました。これまでのセオリーと自毛を無視してペンを走らせるのは緊張しましたが、慣れるとまるで新しい文体を手に入れたような、そんな快感すら芽生える始末。

眉毛伸ばして、三年目。たぶんもう一生剃ることはないだろうと思うけれど、でもこのようにして人は、おめかしから少しずつではあるけれど確実に遠ざかっていくのではないだろうかという懸念が、ないわけではないのが、何だかなあ。

（二〇〇九年二月二十七日）

ワンピースと納豆

わたしはマルニというところの服がわりに好きで、バーチャルストアなるものが設置されてあるのだから、たまらない。

外出しないから安心と思っていたら大間違い。家にいながら色々なのが見られてしまうから、困ったことだ。

しかしなんといっても高額商品。冷静なときのわたしなら見ているだけで済むのだけど、野営のような体たらくで誰にも会わずに原稿書きなどしてると、なんだか気持ちがすさんで慢性的に気がおかしくなって、生活におけるドラマというか感情の起伏を、そのクリックひとつに込めてしまう……あらん限りの希望にまぶした自虐も気合も根性試しも、何もかもがマウスに置かれた人さし指に……そのクリックに……なんてことになり、泣きそうになりながら、いや、すでに泣きながらの、散財の春なのだった。

かといって、わたしはほとんど遊びに出かけることもないし、たいていは家に

いるのだからそれを着ていくところもないし、いざ取材やなんだということにな
ってもおしゃれをしたい気分がそのときにみなぎっているとは限らないもので、
なぜなのか、一昨年に買った馴染みの服を着て出かけていったりして、これはも
うわれながらわけがわからない。
　しかし先日、とうとう食料が尽き、そして激しく納豆が食べたくなった。
　それと同時にやってきたのは、竜巻のようなおしゃれ欲。気がつけばわたしは
念入りにお化粧をし、新品のワンピースとハイヒールを身につけて、玄関に立っ
ていた。ドアを開けると本気の豪雨。しかし……わたしは出かけていった。目指
すは庶民の味方、スーパー・サミット、歩いて十分、目的は納豆。これって根本
的な見直しが必要ですよね。心の中ではわかってた。でもこれを逃すと何だか何
かが終わってしまう気がしたの。
　というわけでものすごく久しぶりな気合のお出かけ、都合三十分の果てに食し
た納豆は、泣けるほど普通の味しかしなかった。ネギを買うのを忘れていた。
（二〇〇九年四月二日）

三万円下着の底力

ああ初夏。もう初夏。でも気分はまったくの厳冬。だったらこんなときこそ、おめかしの出番ではありませんか。でもおめかしをしていく場所がないのだよ。というわけで今日は、なんだか下着の話。

下着には執着する周期があって、その理由も色々あるけれど、最近は「下着の形状と目的そのもの」に、ピントが合ってしまうのだった。

それはつまり胸やお尻を隠す&彩るということそれじたいと、小さな面積についてるひらひらや色やりぼんや生地なんかに直接的にどきどきするといった、そんな感じ。

しかし先日、女友達にそういってみると「自分でつけるだけで、何が楽しいねん」と残念がられた。

「すべては見られることで、存在するんよ」と何とも意味深なことをいう彼女は、なんとデートのたびに新しい下着を買うらしく、非常に驚いた。なんか、おなじのを彼に見せたくないんだって。経済的にも時間的にも見あげた根性だと思うけど、でもそのことに彼は気がつくの？　と質問すれば、それはあんまり関係ない、というのだった。つまり、つねに他人に認識されることは肝心なんだけど、それはあくまで「認識されてると認識する」ことが重要なのであって、すべては自分発信&自分回収、と、つまりこういうわけらしい。なので「おお、それやったら、わたしとあんまり変わらんやん」とこういったら、まったく腑に落ちない顔をしていた。

ところで、わたしは何かが弾けて、昔、三万円のパンツ（ショーツですね）を購入したことがある。値段もいわず、誰にも見せなかったあのパンツ。やっぱり下着じたいにまつわるもろもろに、うっかりよろめいてしまったのだろうなあ。なんだ、やっぱり他人は関係ないのか。でも当時、凡庸な下着がひしめくたんすのなかで放たれる、あのパンツのスペシャル感ったらなかったな。すごかったな。三万円を直にはく、という行為に緊張したものな。規格がまるで違ったものな。でもいつのまにか消えちゃったのな。もう買えないな。

（二〇〇九年四月三十日）

気づけば空母になっちゃって

二週間前、友人とカフェでお茶を飲んだ。

どうでもいいような話をしつづけて、そろそろ帰ったほうがいいね、なんつってお勘定に立ったらば、斜め後ろに巨大な鏡があったわけ。斜め後ろからのアングルで映った自分のその姿を見たとき、わたしの口は今世紀最大にあんぐりと開き、閉じることができなかった。

それは太ったとかそういう次元の問題ではなくて、なんか、巨大になっていたのである。何重にも大きくなっていたのである。びっくりした。一瞬、誰が映っているのかわからなくなってめまいがしたけど、情報をたぐり寄せればなんのことはない、わたしだったんだよね。

そのライン、その厚み、量感は、まるで空母。文字通りのキティーホーク。「なんでこんな分厚いことになってんの……」わなわな震える口から、自然に声が漏れてしまった。

すぐさまその友人の家へ飛んで帰り、わたしはえいと裸になって、彼女に正直な感想を求めた。

「ごめんけど、す、すっごい大きくなってる。気づかなんだ」といわれ、ひきつづきわなわなと震えながらあわせ鏡で見てみたら、背中は太々しいことこの上なく、繊細さは皆無、金輪際、何の心配もいらない肝っ玉感、合言葉はもちろん「どすこい」、これ以外には何もなかった。

着やせするのは知ってたよ。でも、とどめに体重計に乗ったらさ、五キロも増えていたんだよ。絶叫したよ。誰も教えてくれなかったよ。背中が空母になっちゃって、こんなの、おしゃれ以前の問題だよ。

家に着いたら最近取材で撮ってもらった写真が送られてきてて、目がひとまわり、小さくなっていた。合言葉に「どんとこい」を追加だよ。もうビキニ着られないよ。ていうか水着なんてもう十年も着てないけれど「着てない」と「着られない」はまったく違う、ことなんだよ。

「服は脱げても体は脱げない（笑）」なはんて、芥川賞をもらったときに作品にちなんでインタビューなぞでへらへら喋った記憶があるけど、すみません、意味がわかってませんでした。服どころかまるでお布団。いまこそちゃんと考えたい。

（二〇〇九年五月二十八日）

お財布、いっこ主義。

いつもヘアメイクをしてくれている十年来の友人がいるのだけれど、こないだ家に行ったら「じゃーん！」とかいって、なんかクロコっていうんですか、でらでらした黄緑色の長財布を見せてくれた。

ちょっと待ってよ、あなたこのあいだキャメル色したエルメスのお財布を買ったの見せてくれたばかりじゃないの、しかもお値段三十万円とかいって。わたしの度肝を抜いたばかりじゃないのと驚いて問うと、何を驚いているのかわからないというような顔で、わたしを見つめるのだから驚きだ。

でもね、わたしが驚いたのは値段でも浪費と思える行為でもなくて、財布をふたつ以上所持するということに、驚いたのです。

なんというかわたしのささやかな常識が揺さぶられたわけなのです。

財布って、使えなくなるまで使って、それで泣く泣く新しいものを買うって代物だったような気が勝手にしてたのですが、違ってましたか、どうなんでしょうか。

しかし考えてみると、靴だって帽子だって何だって、気分や場所や服に合わせられるようにいくつも所持するのは当然だし、バッグだってそう、しかも中身を入れ替えるという点では財布とおなじなんだよね。

しかし財布はそれらとは独立していてほしいという気持ちがどうしてもあって、どうしてなのか、これは自分でもよくわからない。何かの信心なのかなあ。でもお守りだって複数あっても気にならないのに、財布がいったい何だっていうんだろう。そして考えてみれば、この無意味なまでの一蓮托生（いちれんたくしょう）・いっこ主義な物って、色々あるけれど財布にしか機能していないことに気づいたのであった。素敵な財布と思っても、今のがあるから買うという発想に、そういえば至ったことがないのだな。

無根拠な、でもそうでないといけないようなこの感覚って何に似てるのかと無理矢理に考えてみると、まさかの貞操観念めいていて、気が滅入る。気になって調べたら財布はベタに女性器の象徴であるらしく（ｂｙフロイト）、うんざりだ！ああ。それが何を意味するのかについては保留したい。なむ。

（二〇〇九年六月二十五日）

地に足つけてというけれど

おしゃれの中で何がいちばん好き？　と訊かれたらなんだろなーと考えて、バッグでもなくアクセサリーでもなく、やっぱり本体であるところの服かなあ、と思うのだけど、服のおしゃれにはなんといっても靴が絶対的に不可欠要素。靴の可能性が洋服を指定する、といっても過言ではないのでありました。

わたしがもってる靴のほとんどは、ヒールが最低でも五センチ以上あって、履けば竹馬に乗っているかのような、あの不安定さがたまらない。たまらないというのはとても気に入っているということで、ヒールが高くなればなるほど「乗っかってる感」も高くなり、どっちに転ぶかわからないような臨場感もなかなかいいし、何より、家から出て外を歩いているんだよという感じが、ほどよいフィクション感というか緊張感を生むわけで、好きなのだった。

しかし去年から今年にかけてバレエシューズ、フラットシューズが流行りに流行り、どうしてくれるの。今もってなお流行りつづけていて街をゆくおしゃれさんには必須アイテム、自分には関係ない物としてこれまで放置してきたけれど、いま頃になってあれが何だか、なかなかどうしてかわいいのだよね……ミニスカートをはいてもこれだと生々しくならないし、おきゃんだし……フラットシューズ初心者のわたしだけれども、思いきって買ってみた。

これで合ってるのかなあ、とおどおどしつつ服を合わせて外へ履いて出たけれど、これがいまいち落ちつかない……一歩一歩が物理的にがっしりしすぎて、どこまでも歩けてしまいそうな、いや、人生というのはこのまま歩き続けなければならないのだよという拡大された強迫観念が芽生えて……そう、足の裏を余すところなく使って大地を踏みしめてる感というのが、そのまま労働感と責任感を思い起こさせて結びついちゃって、ただただ苦しく、精神的にギブアップ。

ああ、地に足がつくという安定感がわたしにとっては不安であるという、どうしようもなさ&面倒くささ。なむなむ。

（二〇〇九年七月二十三日）

りぼん問題、インサマー

今や空前の「りぼんブーム」。来ましたぜ。しかしわたしは筋金入りのヘヴィー・りぼん・ユーザーであるからして、そのへんのぽっと出の「りぼニスト」には負けない蘊蓄（うんちく）と経験があるわけだ。

どこに行ってもりぼんりぼん。さすがに下駄にりぼんがついてるのを見たときは「そこまでやるか」と感服したけど、まあブームってそういうものだよね。

ある日、なんとなく店に入って小物コーナーを眺めてみると、ここもまた、例によって、りぼんづくし。

なるほどねーとかいいながら、余裕の感じでこれまたなんとなく大きめのりぼんのピンで髪を留めて鏡を見てみたら、そこには愕然とするものが映っていた。つまり、わたし自身である。りぼんのピンをつけた、三十三歳のわたしである。なんだこれ……企画にはなはだしく無理があるこの感じ……恥ずかしいのと面白いのが同時にあって、それを少し上まわる、怖いもの見たさで鏡を見ること三十秒……あまりのやばさに、そばにいた店員もフォローできない感じがつらい。まったく似合って、なかったのだ。

「やっぱ三十越えると、む、難しいねえ」なんて独り言っぽく言い訳して、余裕ある感じで笑ってみたけど、焦っていたのか手元が狂ってりぼんのピンがなかなかとれない。あれっ、あれっ、なんていいながら、何もいわない店員の笑顔が、さらに焦りに拍車をかけるのだった。

似合わなさって、他人と自分のどっちを主軸にした感覚なのか。

頭にりぼんつけてる人を見るにつけて「自分にも当然できるおめかし」だと信じて疑わなかった自分って、いったい何だったんだろう。

今回のりぼんにかんしては、たんに「似合わない」だけじゃない、何か「世間に申し訳がたたない」感じも確かにあって、ごく控えめにいって、ショックだった。まあ、おめかしとは自分のためだけではなくて、その場を共有する人のためでもあるのだから不快にさせちゃいけないのは、それはもちろん、そうなんだけど……。

と、ここで、なるほどねーと納得する。そうか、鏡に映ったあれってそういうことだったのね。あそこに一瞬でたちこめたあれって「不快」だったんだ！「好きな服を着てるだけ、悪いことしてないよ♪」なんて歌もありましたが、悪くなくても、無理なことって、遠慮したほうがいいことって、あるんだね！
りぼんで、もろもろにおける時の過ぎたるを知ってしまった、インサマー。

（二〇〇九年九月三日）

富と余剰のハーモニー

三十路（みそじ）を過ぎて、りぼんもだめ、フリルもだめ、ということになると、つぎに見える山は貴金属でしょってことで、仲のいい友人がパンフ片手にカルティエのタンク・フランセーズ（長方形のやつね）のイエローとピンク、どっちがいいかと訊いてきた！

黄色とか桃色とかいったって、どっちも金でできてるんですけれど、免税店で買うにしても、お値段なんと百四十万円で、このご時世になんたる景気のよさだろう、ただでさえフリーランスなあなたはいったい貯金、いくらあるのですかと震えながら訊きかえすと「えーと、三百万円くらい？」。

え！　貯金の大動脈を切ってまで、いまそれ買うべきもんなんですか？　と正気に戻るように促すと「カジュアルダウン、カジュアルダウン」とよくわからない呪文を唱えはじめるのだった。

話をきくと、なんでもTシャツやデニムにさらっと高級時計をつけることを思うと失禁するんじゃないかというほどに興奮するのだそうだ。そのギャップが、これもう涙が出るほどイケてるのだそうだ。それがカジュアルダウンの本質にして、動機のすべて。色んな面で、強すぎる。

「そんなんってさ、お金が余ったり、もうちょっと年いってからのお愉しみで、いいんじゃないの」と進言すれば「ノンノン。わたしはね、すでに時計の金額を、この先生きるであろう日数で割ってるの。七十歳まで生きるとして毎日つけて一日約百円。今買わないで、いつ買うの」といわれてしまい、さすが実家が自営業。あなたの出自を忘れていたよ。電卓をはじく説得力になんだか「そうかも」と思えてくるから、不思議だよ。

ため息つきつきパンフを見てると、一千万円超えの時計が載ってて何度もゼロの数をかぞえちゃう。

誰がどんなときに買うのかな。

富豪が日割り計算するとは思えないし、このドレスにはこれ、みたいな感じで一回つけて終わりとかなんだろうなあ。

ああ、貴金属をめぐるおめかしは富と余剰のハーモニー。遠くからうっすら聴こえるぐらいでちょうどいい?

(二〇〇九年十月一日)

魔法をかけられたい秋

全国各地さまざまなところで文化的な催しが増える、さすがの秋です。

新刊のあれこれの最中ではありますが、わたしもお誘いいただいたりして、講演や対談などをする機会があり、スタイリストもついたりする場合も、あるのよね。

最近は、自分でもう何を買ってよいのか、何が着たいのか、どこに行けば素敵な洋服があるのか吟味する時間もないし、「じつは服なんてどうでもいいのではないか」という怠け心がやってくる。「着やすい」、「楽ちん」というだけの理由からいつまでもおなじ服を着て、鏡？　なんですかそれ？　みたいなスパイラルに陥ってしまっていたのだった。

でも、スタイリストさんたちが用意してくれたきれいな洋服たちに、このように強制的にぐるりを囲まれると、頰を張られたようにわたしのなかのおめかし心が目覚め、ついでにほんとの目も冴える。

しかし……戦線をちょっとお留守にしていただけで、ファスナーってこんなにもわかりやすく上がらなくなるものなんですか。「ミエコさん、いつものサイズです」とスタイリストの返事に小さく叫び、体重計に乗っては目盛りの激増具合にまた叫び、悲しい反省をするのだった。やっぱり、日々ちゃんとしていないとね。ここぞというときだけきれいにお化粧してもらって、高価でおしゃれな服を着せてもらったって、そんなの、うまくゆくわけないのだよね。

体の線が弛んでいるとだらっと見えるし、どんな場であっても、必要最低限の緊張感までもが薄れてしまう。

肉体が、黙っていても若くて軽かった頃は、どちらかというと目に見えないもの、内面のことしか考えない日々だった。けれど季節は過ぎ去った。目に見えるものが内面にどれほど作用するのかということをこれでもかと思い知らされる日々なのよ。スクワットしながら競歩でもしなければ、何もかもが手遅れなんだよ。寝転んでホットココアとか、もう駄目なんだよ。

魔法のおかげで、一晩で美しくなったシンデレラは、若かった。なので魔法のほうも、がんばれた。恋愛とか色んな魔法があるけれど、それに耐える肉体をもちたいものよねえ、とこれまたお昼寝しながら思うのだった。なむー。

（二〇〇九年十月二十九日）

ネグリジェよ、永遠に？

こう見えてわたしはフリルやりぼんが大好きで、あれは十八歳のときだった。まるで蛾がふらふらとブルーのライトに吸い寄せられるみたいにして入った「超・フランス調」でびしびしに決まりまくった下着屋で、ネグリジェを買ったことがある。

ネグリジェといっても透けたりはせず（そ、そういうのもいっぱいあったけど）、綿製でサクランボの模様がついてる、おきゃんなやつ。お値段は一万円ちょっとでありました。いまならフランス製だしそれくらいはするよなあ、と思えるけれど、当時は寝間着にお金を出すことじたい、意味のわからないことだった（Tシャツ&パンツがふつう）。

でも乙女心方面のささやかな野望もありつつ、また、あまりのかわゆさにわたしは購入に踏み切り、うれしい気持ちで、最初はうきうきと大事に着ていた。だけども悲しいかな、どんなものからも輝きは失われてゆくもので、はじめは手洗いだったのが次第にネットに入れることもしなくなり、最後にはまるで体操服でも扱うような、適当&ぞんざいな扱いになってしまい「夢見るナイトウエア」から「ただの寝間着」へ成り果てたのだけど、しかし、これがただかわゆく繊細な外国産の代物というのではなかったの。

何の意地か、どんな仕打ちにも耐えてみせ、粗末に扱ってるにもかかわらず、これまでに糸のほつれはもちろん、生地は傷むどころかくたびれた様子は微塵もなく、袖口の縁取りの赤い刺繍なんて、なぜか日に日に鮮やかさを取り戻すようなそんな強さを、そのネグリジェはもっていたのである！　こうなってくるともう、十五年も肌身ぴったり、寝起きをともにしてるせいか、わたしの成分があっちにもじわじわ移ってるという不思議な感覚までもがし始めて、なんというか、ネグリジェなんだけどまるで一緒に生きてるみたいな気分になるのよ。他の衣類とは違う、寝間着特有の関係が、あるのだなあ。

鍋は百年使うと魂をもつというけれど、ネグリジェはどうだろう。

それと関係してるのかわからないけど、そういやアンティークの衣類って、ちょっと怖い感じもあるよね。いつかわたしが死んだあと、あのネグリジェってどうなるんだろ。

（二〇〇九年十一月二十六日）

愛という名の指輪

身も心もすっかり冬支度を完了して、フォルム的にはまるきりバーバパパなわたしですが、みなさんはおしゃれにいかがお過ごしですか。

今年は友人の結婚式がつづくらしく、衣装や指輪の話を相談されることも多いのだけれど、なぜ相談されるかというと、わたしが一応既婚者だからで、しかも結婚式の経験者でもあるからだった。

なぜだったのか、もう理由はなにひとつ思いだせないけれど、世界遺産の下鴨神社で挙式をしたのだったな。テレビなどでウエディングドレスなんか見ると「わたしならもっと派手なやつがいいなあ!」とかつぶやいて、もう終えてしまっていることに数秒遅れで気がつく始末だよ。

しかし結婚式とはまったくの資本主義であり、結納を控えた友人とは指輪のことでもちきりだ。

なんでも彼女にとっては婚姻の初手が何よりも肝心らしく、指輪だけは妥協しないと、意気込みもとても逞しい。いずれ生まれてくるだろう孫子の代までも耐久できるように、いいお品でなければという理念もあるみたいで、婚約指輪百二十万、結婚指輪で百万円くらいは当然みたいで、震えてしまう。

高価な指輪を手に入れることが大事なのではなく、そのくらいの値段のものを、この記念に「買ってもらう」ことにどうやら意味があるらしく、自分で買う指輪に、そんなに大金は出せないものな。やはり「あなたと結婚するからには」という、何かしらの対価なのかな。

値段のついた指輪と引き換えに、失うものがあることを予感させている感じがして、色々を考えさせられた。また、指輪というものの夢を見させる力の根強さにも、うんうん唸った正月だった。

なんて指輪にまつわるあれこれを想像するしかないのも、わたしが婚約指輪も結婚指輪ももっていないからで、それは単に「しるし」や「契約」めいたものに特有の「マーキング性」にのれなかったからなのだけど「人生のこんな素敵な約束にそんなことを感じるなんてそれを不幸というのだよ」と笑われた。

そうよなあ、薬指の指輪を見て愛がわかれば、そして愛がつづけば、それはとても幸せなことだとわたしも思うのだけれどもなあ。

（二〇一〇年一月七日）

ファストファッションに弾かれて

行ってきたよH&M。それからフォーエバー21。遅い？　ファストファッションなのに遅すぎる？　TOPSHOPは行ったことあったけど、このふたつはまた違う雰囲気でみなぎって、全方位が若者でひしめきあってるからうっかり「若いエキス！」なんて死語を思い浮かべちゃったりしちゃったよ。

大阪の姉（注：三十五歳）が上京したときに「ここだけは行かんと帰られへん」とマジな顔して訴えるので、案内がてらに行ってきた。

とにかくなんて安いのか。熱気&活気にむせながらほえーほえーと口を半開きにしてきょろきょろしつつ、ワンピースが二千円！　タンクトップが四百円！試着室から次から次へと出てくる子たちもかわいいし、激しい音楽で体もゆれるし、価格破壊も手伝って、マルニやミュウミュウもかっこいいけどこれはこれでありだよなあ！　むしろ全然ありでしょ！　っていうか、こういうのを着こなし&組みあわせてこそのおしゃれなんじゃないですか？　なんて、姉と興奮しながら試着して、うきうき飛びだしてはみたものの、そこには「残念でしたね」の心象を人型の立体にしたものが、はっきりくっきり、映っていた。明らかに首から下の組みあわせが、ま、間違ってはないけれども、とにかく残念なのである。残念としかいいようがないのである。若い服を着てるのに、や、それゆえか一気に年増す、あの感じ。

そう、画一化された質やデザインのものを着こなすには、あらゆる世間と論理を弾き返す若さか、真のおしゃれ眼が必要であって、面倒臭いしわからないから「とりあえずインパクトある一枚を着ておけば安心だよねワンピース」で生きてきたわたし（注：三十三歳）がおなじ地平で太刀打ちできるはずがないのよ。

けれど姉は、何がどうなっているのかわからないけどこれがまさかの大満足で、うひゃうひゃは止まらず「明日も来るぅ！」を爆発させているのだから恐ろしい。勘違いを憂慮せずに姉に倣（なら）ってファストファッションのおめかしへ進むべきか撤退すべきか。しかし志とは別次元で限界ってあるからね。なむなむ。

（二〇一〇年二月四日）

逆シンデレラみたいな贅沢

靴といえば、何ですか。何ですかって変ですか。って何が聞きたいかというと「や、マノロブラニクってすごいよねあらためて」ということで、これじゃ聞いてもないけど、でも本当にそう思うのですよ。

わたしは今年三十四歳になるのですが、去年はじめてマノロを購入したのだった。

おめかしのなかで靴が特別に好きってわけじゃないし（真の靴好きっていますよね。彼女たちは靴だけを買いにイタリアに行ったりするものね）、あんがい数える程度しかもってないのだけれど。ちゃんとした靴というと、ほかのがちゃんとしてないってそうじゃないけど、まあ大人になったしこのあたりで気合の一足があってもいいのではないかと思って試しに履いてみたら、これがもう何というか、感動が一周して絶望に近いような素晴らしい履き心地で、今まで履いていた（値段がそんなに違わなくても）靴の硬さって一体なんやったの＆何かが更新されるような&はっきりいってわたし靴を舐めてたすみません、としかいいようのない、それはそんな体験だった。

よく聞く話だけれども、ほんとに何も履いてないみたい。

ヒール愛好家なら誰でも知ってる、あの、泣きたくなるよな足の痛み。マノロには皆無なのだよね。全力疾走も可能だよ。やっぱり工程とそれを支える理念なの？　十時間をすぎて深夜零時を回っても、何の違和感も覚えない、よくわからないけど逆シンデレラみたいな満足感を味わいつつ、もうほかの靴を履けないのじゃないかという懸念も、ちらちら。贅沢問題も含めて「一流品」というものについて考えさせられる、なんだか複雑なひとときでした。

しかし、昔、何かの雑誌でどこかのセレブがやはりマノロに感激して、なんと百足近くをまとめ買いしたというのを読んで「靴に千五百万かよ」と呆れ&驚愕したのだけれども、十億円もってたら、まあべつに買えることは買えるよな、っていうか欲しいよな。って、まあ、足は一組しかないのだけどもな。

（二〇一〇年三月十一日）

取り調べサイン会

サイン会などをさせていただくと、読者の人と直接に触れあって言葉を交わす機会にもなるのだけれど、本に対するご感想以外にけっこうみなさん、質問を用意していらっしゃる。

そして女性読者から発せられるのは、おめかしについての質問がべらぼうに多く、それはどこのお洋服ですか、お化粧には何時間かけますか、フリルやりぼんが好きなのはどうしてなのですか、いつもどこで買われます？　あの、わたしもおなじ指輪もってます（↑これはご報告ね）などなど。女の子の興味は尽きぬものねと緊張&わかりますよその気持ち、というような、そんな感じであるのだった。

しかしある日のサイン会。

そんなふわふわゆるゆるとした質問を、ナイフで切り裂くかのようなオーラを纏（まと）ったひとりの女性が登場し「質問していい？」とまさかのタメ口。さっきまでの茶話会のような雰囲気は一気に霧散。「どーぞー」とわたしが肯くと「あのさあ、ミエコさんってさあ、スカートしかはかへんっていうてはるやんかあ。でもさ、そしたらさ、お風呂あがりって何着てはるのよ」。

　らんらんと輝くその目を見ながらわたしはここが大阪であったことを思いだしつつ、えっと、わたしたしかにお風呂あがりに何着てたっけ、と考えることしばし。

「っていうか、家で何着てるんよ」と、女性はさらに質問を浴びせてくる。

「ス、スカート類ですね」

「じゃあ風呂あがりはどうよ」

　なんか怒られてるような口調なのだけど、顔がにこにこしてるので、いまいち真意がつかめなかったけれど、きっと真意みたいなのってとくになくて、ただほんとうに、ズボンをはかない人間がオフのときに何を着ているのか、不思議だったのでしょう。

　はよ答えろよ、とええい迫ってくる感じ。

「ネ、ネグリジェですかね」と汗をかきながら返答したら「うそ！　すっごいなあ！　すっごいなあ！」となぜか大変に喜んでくれ、彼女はその後のサイン会にすべて駆けつけてくれるようになり、またおめかしについてのべつの質問をしてくれるのだった。

ってていうかわたし、彼女にちゃんとサインしたのだっけ。

（二〇一〇年四月八日）

ご機嫌なのです、大眼鏡

うしし。とうとう買っちゃったんだよねアラレちゃん。

正しくはアラレちゃんではなくて「アラレちゃん眼鏡」なのだけど。

みなさんも去年あたりから、街のなかで結構な割合で目撃されているであろう、八〇年代極まりない、あの大きなフレーム眼鏡のことであります。

好みはあるけど、普通のTシャツにあの大眼鏡をかけてると、それだけでなんかしゅっと締まるというか、おめかしに気をつかってます感が出て、一年前から欲しいな欲しいなと思っていたんだよね。けれどもいまいち似合う形がなくってじりじりしていた。

どこでもよく売ってるけど、安いのだと年齢がもう追いつかないし（ファストファッションとおなじ轍（てつ）を踏んでしまう）、やっぱりここは、ひとつ気合を入れて、確かな品を見つけておかないといけないんじゃなかろうか。だってこういうのって心底から納得していないと結局かけなくなっちゃうだろうし。そんなこんなで行くさきざきで探していたら「ヴィクター&ロルフ」が黒縁大眼鏡を発売していたではないですか。

とはいえ、想像していたより高価だったので、いわゆる「だて眼鏡」にこの値段は何か間違ってないやろか……と伊勢丹を一周しながら考えたのだけれど、まえから欲しかったこともあるし、一生使えば一日にかかる経費としては何十円……という女友達直伝の、よくわからない計算方法に基づいて、購入しちゃったんだよね。

するとそれが予想を超えて気に入っちゃって、お風呂にまでかけて入りたくなる、そんな気分。曇り&反射防止にガラスをぱこんと外しちゃったから、視界もストレスレスだし目薬OK、これなら一生かけてられるな。適度のコスプレ感もあってグウ。思えば大した趣味もなく、引きこもりのもぐらのような毎日が眼鏡ひとつでこんなにも花咲く錯覚に満ちるのだから、物ってすごいよね、ああなんという精神の日和見よ。

そんなわけで、いま一等のお気に入りのおめかしアイテム・大眼鏡。玄関出るときに両手を左右に真っすぐ伸ばして首を傾げて、ついつい「キーン」なんていっちゃうのだよね。三十三歳、ご機嫌だね。

（二〇一〇年五月十三日）

愛のリサイクル

今まで生きてきて、何にお金を使ってきたかといえば大して使ってないけれど。無理矢理挙げるならやはりこれはおめかしで、だって趣味って、それぐらい。旅行もしないし食べ物だって基本的にはなんでもいい。でもね、なぜか着るものが何もないの。本当になんにも、ないんだよ！

もちろんクローゼットはぎちぎちに埋まっていて、たんすもぎゅうぎゅう。衣類のために存在している寝室ではあるのだけど、じゃあちょっと出かけようか&人に会いにゆこうかというときに着ていく服が、ないんだよ。

これまでの、決して少額ではない投資というか浪費というかは理屈でいうとすべておめかしに置き換わってるはずなのに、どれもすべてが、鮮やかなまでに、死んでいる。そう、ものによるけど、服は死んでしまうのだ。

ファストファッション店で購入したものなんて買った瞬間から死にかけてるし、じゃあ服の寿命は値段に比例するのだろうか？　答えはノン。たとえばいくら高級で布や縫製がしっかりしていても、べつの意味で死んでしまう服もある。

それは「一度着れば、なぜだか気が済んでしまう」種類の服で、たとえばいまここから見えているあの紫の「ジョジョの奇妙な冒険」風ジャケットなんて、この先着る自分が想像できない。おなかに巨大なりぼんのついてる蛍光オレンジのワンピース、通称「かに道楽」も、なんか無理。ぜんぶ、みんな、高かった。ゆえに彼女たちは成仏できず、生ける屍となって、今では部屋の保温に貢献している（とくに冬）。

しかし、無難に着まわせる服に興味はない。一度着れば、精神的にはパッと散るよなそんな鮮やかな服がやっぱり好きで、コンサバティブに用はないのだ！そうだ、もうこの際、屍たちを改造して、ユニホームみたいなの作ればいいんじゃないのかな。外出着の一本&徹底化。そうすれば新しいのを買わなくて済むし、迷わないし、義理も果たせる、これぞ愛のリサイクル！……でもわたし、リメイクどころか、満足にボタンもつけられないいんだったたな。


（二〇一〇年六月十日）

壊れそうなドレスを着たい

体を包む洋服が、体のコンプレックスと密接な関係にあるのは、みなさんご存じのとおりです。

歌手のビョークは「アメリカ白人の帝国主義のシンボルで、コカ・コーラを飲むようなものだから」という理由で、ジーパンとTシャツを決して着ないそうですが、おなじくTシャツとジーパンを着ないわたしの理由は、その組みあわせが何だか形としてつまらないのと、自分の大きなお尻のせいだった。ずいぶんまえにも書いたけど、わたしがパンツの類をはくと、それこそアメリカホラー映画で最初に惨殺される人がいるじゃないですか、ヒューとかいってみんなで車に乗って出かけた別荘なんかで。ああいう感じになるんです。お尻のせいで。

しかしコーディネートのなかにデニム素材が入ると日本的にちょっとおしゃれになるのも事実であって、ジーパンを使いこなせてると「おめかしがわかってる」感じになるよね。

でも、理想をいえばですよ、わたしは毎日でもコルセットにレースのドレスでいたい気持ちが、じつはある。ウエディングドレス的、ボリュームドレス。つまり十九世紀欧米の普段着ドレスを、まじで日常づかいできればものすっごく素敵だと思うんだけど、ただの仮装になっちゃうか。そう思えばゴスロリファッションもがんばってるけど、なんていうのか、もっとこう、草原的というかファンシーな気持ちで馬にひょいっと乗る的な。その時代を扱った映画なんかでドレスでパンとかを焼いてる人を見ると、わたしもドレスで素麺(そうめん)を茹でたくなっちゃうよ。

しかし、わたしには素麺はあるけどドレスはないし、日本の筋金入りの湿気に負けて、家ではコンプレックスにふたをしつつ、最近は後ろめたい気持ちでTシャツとデニムのショートパンツをはいている。ドレスよ、これはほんとのわたしじゃないからね……って鏡に映った自分は、まんま光GENJIなんだけど、♪こわれそうなものばかり集めてしまう、場合じゃない気がとてもする。三十三歳、夏だもん。

（二〇一〇年七月八日）

ときめきパフスリーブ

何が好きって、パフスリーブ。

これもう、本当にべらぼうに大好きで、これってたんに袖の形状がふわっとしているというそれだけのことなのに、なぜこんなにも胸がときめいてしまうのだろう。

どこの店に行ってもまず目が探すのは、袖のあたり。そこに膨らみがあるかどうかが重要で、しかし最近は流行の都合もあるのでしょうけれど、好みのパフに遭遇する「パフ率」が、かなり低くてとても悲しい。気休めにぴらりんとついてるようなパフは至る所に混在しているけど、パフってそんなんじゃないんだよ。求めているのは、なんというか全方位に重厚感のある、パフなのです。

そう、それはいまでは映画などでしかお目にかかることもできないような（昨夜観ちゃった『エリザベス』、なんという衣装の描写力の素晴らしさ）、かつて男性も女性も関係なく大流行して着ていたという、バロック時代の、あのけっこう本気な感じのものなんですけれど、そういうのって、むろんどこにも売ってない。

しかしですよ、わたしは不思議なのだ。靴下屋とか下着屋とかスポーツウエア屋といった専門店というものが存在しているにもかかわらず、なぜ「パフスリーブだけを集める店」が存在しないのだろう。不思議にくわえて、わたしはつねづね、少しだけ不満な気持ちでもいるのです。

ビショップスリーブ、メロンスリーブ……日常着からハレの日の装いまで、さまざまなジャンル&ブランドのパフスリーブだけをそろえたお店。そこに行けば、ありとあらゆるパフにまみれること必至な、お店……。

パフスリーブの精神が何であるかを定義することは難しいけれど、少なくない女性の根幹に「よきもの」としての影響を与えていることは確実だと思われるし、去年は「りぼんブーム」もあったことだし、やっぱパフって、普遍的にかわいいのだよね！

誰か出店しないかなあ。そうなったらわたしもう、そのお店以外では買わないよ。っていうか、頼み込んで、バイトするよ。

ああ、日本中のパフを見渡す場所に立って、それを心ゆくまで愉しむこと……

おめかしにおける、わたしのひとつの夢です。

（二〇一〇年八月十二日）

名づけの快感

純文学と中間小説とか、アイドルと女優とか、エトセトラ。文化一般、カテゴライズって必要だし、実際そうとしかいえないし、気持ちはわかるんだけど、しかしけっこう不自由なのも事実だし。そういうのを乗り越えたところに創作や現象というものはあってほしいなあって思うのだけど、こないだすごいの見ちゃったよ。

大阪から遊びにきた友人が表参道ヒルズに行きたいというので、ちゃんと行ったこともなければ都内のどこであってもろくに案内もできないくせに、やけにつるつるとした館内を、とにかく練りに練り歩いた。

そしたら表参道の、あの長い文字通りの参道のはしっこからはしっこまで、無数の男性が、無限にずらあっと並んで並んで終わりが見えず。何事かと驚いてみれば、友人がささっと携帯電話で調べ「エグザイルのオーディションやて」。へえ。わたしはエグザイルさんをまったく知らないけれど、人気があるのは知っている。そうか、夢への第一歩であるのだなあと眺めながら、しかしみなさんまた見事なほど完全に、おなじ種類&趣味のお召しもの。後日、そこに並んでいたみなさんの印象についてべつの友人に伝えようにも「ほれ、あの、黒い感じの……」で終始して、ああいう雰囲気のことを何と呼んで伝えればいいのかが、わからない。ウッとなっていたら、当然の顔をして、友人は「ああ、お兄系ね」。いまだ名状から遠く離れ、認識するに及ばなかったひとつの風景にとつぜん現れた最高のぴったり感を輝き放つ「お兄系」。

なるほどなるほどっ！　わたしは深い納得とともに、カテゴライズ&ジャンル分けの快感にうち震えたのであった。世界に新しく立ちあがった、お兄系。あっちにもこっちにもお兄系。偉大な名づけ、これで世界のほとんど説明がつく！　ってはしゃいでたら「でも、もう死語やから気をつけて」。はい。

（二〇一〇年九月十六日）

シルクが藁になる瞬間

そうなんですよ。問題はクリーニングなんですよ。さらにいえばクリーニングそのものではなくて、クリーニング代なのであって、さらにいえば、代金にとどまらず、これもうクリーニングにまつわるすべての不明瞭さ、にあるのですよ。

タグなどの横についている、洗濯に関する注意書きというか表示をみなさん、ご存じですか。ご存じですよね。その意味するところの基本的な情報は中学家庭科で習ったはずだけど、案の定、わたしはまったく覚えておらず、最近なんとなく気になって見てみたら、わたしのもっている服のすべてに「ドライマーク」がついてあることに気がついた。

つまり一般的な家庭用洗濯機において水で洗うのは厳禁で、速やかにクリーニングにもっていけ、ということなのだった。

洗った後に手で皺（しわ）がのびない服や、一張羅的なものは、そりゃもともとクリーニングに出していたけど、昨今はセーターであろうとスカートであろうと普段着の類のほとんどが「ドライ推奨」なのであって、公式見解としては一般的な洗濯機が使えない、となっている。

そもそも何度ぐらい着れば洗濯する、あるいはクリーニングに出すのが適切なのか、わたしにとってはそれすら長年の謎ではあるのだけれど、ドライ推奨……。夏場は汗をかくし、染みになるといやだし、がんばって細々とクリーニングに出していたけれど、こうなってくるとほんとにキリがないのである。

すがる気持ちでクリーニング屋のおばさんに「実際、どうなんすか」と聞いてみたら「まあ、水洗いでもほとんどはいいんだけど、ただ苦情を避けるためにね、メーカーさんが念入りにいってるってのは、あるわね……」。

はっはーん。ってなわけで夏に着倒したぱりっと張りのある、これまではちゃんとクリーニングに出して管理していたシルクのワンピースを、どれどれ自宅で手洗いしてみたのだけれど、一瞬で藁(わら)みたいになっちゃった。餅は餅屋とこういうわけね。そういえばお餅、十五年くらい食べてない。


（二〇一〇年十月二十一日）

愛するシルク、美文で復活

「衣類の洗濯は難しく、シルクの服を水洗いしちゃったら藁みたいになっちゃった、やっぱりメーカーが推奨するようにドライでやんなきゃ駄目なのか、なむなむ」というようなことを前回書いたら、なんと日本野蚕（やさん）学会会員の方から、懇切丁寧なお手紙を頂戴した！

「野蚕絹を洋服やストールにして三十五年、各地で販売しております。記事を読み、『やはりそうなのか』と考えさせられております」と始まるお手紙には、絹というのは水で洗濯して干すと藁のようになることもあるけれど、スチームアイロン（一三〇〜一四〇℃、ドライアイロンは避けて）をかければ新品同然になります、あなたは少しも間違っておりません、絹は五千年来、水で洗ってきたのです、ぜひ水洗いしましょう！　という内容で、その結論のみならず、水温は二五〜三〇℃、洗剤はシャンプーなどの中性洗剤を少しで押し洗い、脱水はほんの少しで水が少し垂れる程度に、家蚕絹は日陰干し、野蚕絹は直射日光でもだいじょうぶ、絹は綿の二倍の速さで乾くことなど、「絹」の最も良い洗濯の方法もお伝えくださり、さらには絹がもつ素晴らしい機能性についてもご教示いただき、わたしはとても感激した。

そっか！　高級素材だからって、メーカーの懸念を受けていわれるままにクリーニングに出す必要はなく、これまでの素朴なやりかたで、いいのだな。絹はもっと日常的なものなのだ、という生活上の知恵&確信もうれしかったのだけれども、お手紙の筆致が得もいわれぬ美文であり、気がつくと十二回以上も、読みかえしてしまっていたよ。

なるほど、絹を長く愛し、かかわってこられたかたは、このように美しくきめ細やかな、絹の肌触りのような文章を紡がれるのだなと、いっそ全文を掲載させていただいて読者のみなさまとともにこの「うっとり」を味わいたい気持ちをぐっとこらえて、このたびは本当にありがとうございました。絹、いっぱい着ます&洗います！

（二〇一〇年十一月十八日）

かわゆいスヌーピーに夢中

スヌーピー。つまり漫画の正式名称としてはピーナッツ、が誕生して六十周年なのらしい今年は、どこにいってても目白押しで、やっぱりいつ見てもかわゆくて困ってしまうスヌーピー。

目だって開いてるのか閉じてるのかほとんどわからないのに「ときどき、あなたはどうして犬なんかでいられるのかと思うわ」というルーシーに「配られたカードで勝負するっきゃないのさ……それがどういう意味であれ」なんて、まるで犬であるスヌーピーが人間を哀れんでいるようにも受けとれる、キラ星のごとき名言を連発するし（スヌーピー名言集で検索してね！）、ときどき夢中なんである。

それでファッション雑誌とか見ていると、いわゆるピーナッツとのコラボ商品なんかもざくざく紹介されていて、ひとめ見て、わあ！　と思うようなセーターがあった。

かわゆい……でも値段を見たら三十一万五千円で「フフ……さすがにこの値段は誤植やな。ということは三万五千円かあ……まあな、記念やしな、いっちょ買うか！」ぐらいに思っていたら、べつの雑誌でも、きちんと三十一万五千円と書かれているのを発見して、まじな値段だったので驚いた。よく見るとルシアンペラフィネがお出しになったカシミヤのニットで、そ、そうですか三十一万超えですか……はるかな気持ちを通り越して、目がかすんでしまったよ。

以来、スヌーピーにたいしては、ふられた気持ちでうつむいていたけれど、ふと入った雑貨屋で見つけたスヌーピーの長袖Tシャツ。お値段二千円でペラフィネのニュアンスにはほど遠いけれど、でもいいさ。黄色で、サッカーのユニホームみたいな趣の、胸のあたりにはスヌーピーとその仲間たちが描かれてあって、着ればなんだか賑やかで、最近の口癖はもちろん「ウィアー！　ピーナッツ！」。

口癖というよりは独り言だよ。でもね、いってみると独りでも、仲間といる気がするんだよ……ところでみなさんご存じですか、コスプレマニアのスヌーピーの目には、コンタクトレンズが入ってることを。

（二〇一〇年十二月十六日）

ロングスカートは命がけ

死ぬかろ思った。思わずいい間違えてしまうくらいに、死ぬかと思った。

お正月はみんな大好きマッコ・デラックスさんがずっとテレビに出てらして「おお。トークのプロってこういうことよね」と楽しみつつ感嘆していたのだけれども、その話芸とおなじくらいに興味ひかれるのが、衣装なのだった。

だいたいいつもゆるい感じのものをお召しで、ベージュピンクの、なんていうの「あはんな感じ」のきれいなニットをゆったり着て、同系色のドレープも美しいロングスカートを合わせている。まっ黒の長い髪がアクセントとなって、なんか「いいわあ……」と興奮したんである。ハウスマヌカンってもう死語だしじつはよくわかってないけど、その時代に遅れたわたしはその響きにほのかな魅力を感じてしまっていて「あはんな感じ」着てみたい……ってなわけで、ロングスカートとざっくりニットを探す日々が始まったのだった。

しかし世界にはロングスカートはもう存在しないに等しいのだね。

どこまで行ってもミニミニミニ、あっと思っても柄モノだったり、ワンピースだったりで「あはんロング」がないんである。しかし這いずり回ること一週間、とうとう渋谷で「あはんセット」を購入することができた。

髪が短いのでテンションはかなり下がったけれど、気持ちはまあまあ、あはんである。

それからどこへ行くにも「あはん装備」だったのだけど、ロングなんて最後にはいたの思いだせないほど久しぶりで、おまけにいつも大股歩きなせいか、裏地がパン！　と張って、あやうく階段から転落しそうになるのだった。とつぜん起こるあれまじ怖い。手すりがあったから冷や汗で済んだけど、階段降りてからちょっと呼吸を整えるほどのそれは恐怖で、忘れた頃に何度でもやってくる。

おめかしに危険はつきものか。衣類が機械に巻き込まれて怪我とかよく聞くけどロングスカートはどうか。や、かなり危ないと思うんだけど。はいてるだけで死んだりした人はいないのか。

（二〇一一年二月三日）

セレブ洗剤の使い道

いよいよ本格的に人生を始めようと思い立ち（今年三十五歳です）、まあ色々あるけど、人生といえば家事だな、家事といえば洗濯だなってことで、まずは洗剤を買いにいくことにした。

しかしいざ街へ出てみると、当初の目的など瞬くまに忘れてしまって、気がつけばセレクトショップにいるのである。

最近は店内に入るとすごくいい匂いがして、なんか瓶みたいなのに木の枝がたくさん挿してあるのが見える。近寄って、くんくん匂いをかいで横を見ると、あたりは一面おしゃれなボトルでいっぱいで「なんですかこれ」と聞くと、何とすべてが衣類のための洗剤なので驚いた。

薬局で買えば一リットルで数百円のものが、四千円。

カシミヤ用、柔軟剤などもそろえられてて、なんか、すごく売れてるらしい。

「今日は何かお探しですか」と聞かれて「はあ、洗剤など」と思わず本当のことをつぶやいたら、その高級洗剤がいかに優れ、また世界中のエコロジストたちに愛されているかを懇切丁寧に教えてくれ、ついには大事な衣類を大事に扱うことが人生をいかに素晴らしいものにするのかの説教になり、「これであなたもワンランク上・推奨マジック」に乗せられて、なんとセットで購入してしまったのだった。

でもたしかにボトルもクールで、置くだけで洗濯機まわりがなんだか一瞬ホテルっぽくなっていいんだけれど、しかしすぐに後悔がやってくる。だいたい高級洗剤で洗うものなんてないし、タオルとかTシャツなんかに使ってたらあっというまになくなって、かといってホイホイ買うような洗剤じゃないわけで。これに使うのはもったいないな、これだとすぐに減っちゃうな、なんて唸りながらちびちび使ってこれがなんだかミジメな気持ちになるのである。ついに、ああ！　と耐えられなくなって普通使いの洗剤を買ってきて洗濯する始末……高級洗剤はどきどきしながら枕カバーを洗った一度きり。慣れないことはしたらあかんな。どんな人がどんな余裕で使ってるのかまじ知りたい。

（二〇一一年三月三日）

自粛のつもりはないけれど

被災地の一日も早い復興のために、今われわれにできることのひとつとして、できるだけ日常と変わらぬ振る舞いでもって消費を維持して経済を活性化させることがあるけれど、これがなかなか難しい。とくに自粛という意識はないのに、やっぱりなぜかそんな気分になれないのだ。

さまざまなイベントの中止だけじゃなく、結婚式も不謹慎かもと懸念して延期にするか悩んでいる人もいたりして、これは色々な人がかかわるので理解できる心配だけど、個人消費でさえ躊躇（ちゅうちょ）してしまう、強固な何かがあるのだった。

まあこれは端的に贅沢品にお金を使うならそっくり募金せよ、という内なる倫理&論理なのだとは思うのだけど（でもかなりがんばった額の募金してもこの後ろめたさって拭えないんですよね）。

しかし、この状態で消費が冷え込むことだけは避けなければならないのだから、いっそこの状況を、「買うか買うまいか迷っている or ふつうなら絶対に買わないであろうものを買うと決断する機会」にするのはどうか。保守を破棄し、むしろ消費を義務と課して、お金を回すのだ。

とか思って仕事の帰りに百貨店など寄ってみれば、けっこうみんなふつうに明るい顔で買い物を楽しんでいるようにみえてホッとした。人はちょっと少ないけれど、活気もあっていい感じ。みんな色々あるだろうけれど元気出すのはいいことだよな&どれどれなんて歩いていると、目に飛び込んできたのはエルメス・バーキン……なんというか贅沢の親玉みたいなやつであるが。しかし消費促進のいい出しっぺの自分が（独り言だけど）ここでひるんで一体どうする。

お金回せよ……いまべつに欲しくない……いやむしろ欲しくないのが重要では……それ勘違いだから……あれこれ逡巡すること三十分。もう何がなんだかわからなくなって最後涙目。けっきょく何にも買わずに帰ってカップラーメン食べたよ。普段どおりにするのがいいみたい。有り難い。

（二〇一一年四月七日）

節電の世界で見えるもの

スーパーや薬局などに日用品の買い物に出かけても「節電」がくっきり目に見えて、それにもあんがい、慣れてしまった。当初は「暗っ」とか反射的に思ったものだけど、文字が見えないわけでもないし、そもそも昼間から煌々とフルで電気をつけているのもどうかしてるといえばそうなのであって、これを機に、これくらいの明るさが常識になってくれれば、それってわりにいいことずくめなんじゃないですか。

しかし微妙なのは、百貨店のお化粧品売り場なんだよね。

このあいだふらりと入ったら、もちろん節電態勢でこれまでを思えばかなりの薄暗さではあったのだ。あの場所の素晴らしいところは「すわハレーションか」と思うほどに何もかもを光で照らして輝かせ、五割増しで美しく見える点、見せてくれる点なのであって、しかしその効果が著しく減退しているのは根本的にけっこうつらいものがあるのだった。

ちらっと映りこんだいつもの顔が「あれ、なんか今日、透明感あるやないの」と、うかうか錯覚すればこそ「お客さま、お肌がとってもきれい！」というセールストークに殺意を感じずに済み、「春色アイシャドー……どれどれ」みたいにして勧められるがままに財布のひもをゆるめる連鎖を起こすのであって、現在のライトアップ事情では、まったく逆のことが起きているのではないだろうか。

顔が灰色なんである。ほうれい線とかクマとか——だいたいクマって相場は目の下って決まってるのにでしゃばんな！　というぐらいに顔全体に広がって、ゾンビまであと一歩って感じ。ちらっと鏡に映ろうものなら「ぎゃ」と声をあげて一刻も早くその場を立ち去りたくなるのだから、春色なんとかなんていうお化粧品買う気持ちにはなかなかなれないわけですよ！　そして何がつらいって、節電下に映しだされたそれが、まぎれもない真実ってことなんだよ……！

いつもいい夢みさせてくれてありがとうだった、電気よ。

（二〇一一年四月二十八日）

あこがれの太眉女子

きてるね。きてますよね。何が。太眉が。ってな感じで最近雑誌のメイク特集などを見ても、べらぼうに太眉女子が増えてきていて、わたしはうれしい。なぜうれしいのかというと、これは完全に個人的趣味なので一般化はできないけれども、なんていうの、まるでサバンナの草木が悠久の風になびくような、処理していない自然な毛並みを瞼のうえの肌色に発見するとき、思わず四つんばいになってオォーンと雄叫びをあげてしまいそうな懐かしさがこみあげるのである。こびず、堂々と、あるがままな、そんな感じ。そう、太眉は女子の顔面に残された、最後の野性なのである。

わたしは根っからの「毛フェチ」で、たとえば人の顔面は眉毛しか見ていないところがある。人に会っても「あの人いい眉だったたな」とか「毛並みが素晴らしかったな」とか、まずはそんな感想をもつのである。大事なのは濃さよりも太さよりも手がくわえられていないこと。自然な毛並みが形づくるあの流れ、模様の素晴らしさにため息だ。どれだけ見ても飽きないし、かいた汗が眉に留まっているのを見るとき「ああ、眉が今とても機能している」と実用方面でも静かに感動するのであった。

そんなわたしは残念ながら、どちらかというと薄毛なのか、毛並みは普通、まったく凡庸な眉毛である。悲しい。ついでにいうと胸も大きくなく、べつに大きくあってほしいわけではないけれど、しかしものすごいボリュームの胸をお持ちの女性と道ですれ違うときなどは、やはりオオと思うのだった。

なぜならわたしは生まれながらの迫力主義者。ただ、ゆっさっさと歩くだけであれほどまでに自信に満ちた充足感があるのなら、人生はさぞたくましさに満ちたものであるだろうとうらやましくもあるのだった。いいなあ……でも眉毛と胸のどちらかを望みどおりにしてくれるなら、問答無用で、まっ、眉毛なんだからねってこの話、胸は関係なかったね。

（二〇一一年六月二日）

着倒れを夢みて

「わたし、この仕事が終わったら……つぎの仕事、あるんだ」っていうのはわたしと友人とのあいだで交わされる挨拶っていうか、悲しい冗談なんだけど、小説が佳境を迎えている最近はいつまでたっても文字文字文字で、五分おきに叫んでしまいそうになる。

家から出られず、ずっとおなじ服、っていうかおなじ肌着で過ごしてるわけで（節電で暑いし）、このままだと確実にわたしのなかのささやかな乙女部が枯死してしまう。「これ終わったら、是が非でも着倒れたるんや」という希望をかろうじて胸に抱いて、今日もぼさぼさのまま生きている。

でもさ、そうはいってもネットがあるんだよね！　うふふ。まさに世界の窓だよね。クリックひとつでフェンディとかシャネルのコレクションとか見られちゃうし、なんという滋養&潤いだろう。この仕事が終わったら今のこのしんどさをチャラにするために、ご褒美というか新たな破滅というか方向はいまいちわからないけど、とにかく！　大きな買い物をどかんと炸裂させてやるのや、見ておけよ！　と誰にいってるのか謎だけど、まあそんな状態なのだった。

　でも、未来のことなんてわからないじゃん。大事なのは今じゃん。いまこのときを充実させるのが生きてるってことなんじゃん⁉　つって気がつけば真夜中、若い子に大人気&比較的安値の部屋着を血走った目で買いまくってる自分がいたよ。花柄とかピンクとかりぼんとかそういうの。三十半ばでポリエステル一〇〇%は鬼門だってことはもう骨身にしみてるはずなのに、なぜ今回もまたこんなことに……若い子の服はもう似合わないんだよ。似合う似合わないとかのレベルじゃなくて、耐えられないんだよ。

　でも大量に届けられたよ。つるつるしたワンピースとかロンパースとか。仕方ないからそれ着て仕事しているよ。そしたらこのあいだ宅配の人がきたよ。まだ若い男の子。わたし鰹節みたいに色むらのある素っぴんだったよ。目を合わせてくれなかったよ。


（二〇一一年六月三十日）

求む、ブラジャー革命

夏である。みんなは水着とかお召しになって、海や恋人と戯れたり、プールサイドにうふんなんていって寝そべったりするのだろうか。わたしそんなのしたことない。そして今年も、もちろんしない。

わたしにとって夏といえば、ひたすらにブラジャーとの闘いだ。や、正しくは乳首とともに世間と闘う、という構図が正しいのだが、なぜ日本では乳首が透けた状態で外出することにこれほど強力な抑圧がかかっているのだろう。理由も解除の方法もよくわからないままに、わたしもなんとなく乳首の存在を感じさせない方向で生きてしまっているのが情けない。

猛暑のブラジャーは苦しい。もちろん下着の楽しみや、形の維持のために好んでつける女子もいるだろうけど、つけずに生活したいときもある。ちょっとコンビニへ、ってなときに、ちっと舌打ちしてブラジャーを装着せねばならない、あの忌々しさ。なにかに遠慮している感じ。自己規制の可能性もさることながら、やっぱりなにかに気をつかってる。誰に？　世間に。世間て？　男性？　はっ、自意識過剰もはなはだしい、誰もそんなもの見てないよ！　とおっしゃる男性もいらっしゃるだろうが、そこに乳首が浮かんであれば、やっぱり見る人も多いだろう。

どうすれば、諸外国のように全方位に「乳首耐性」がつくのだろう。隗より始めよってことで、まずわたしが透け透けの状態で堂々と講演とかサイン会とかするべきだろうか。しかし「あの作家頭おかしいね」で終わりそうな予感も。なにより人が去ってゆく。問題はこんな懸念が生まれることじたいであって、なんでこんなところでつまずいているのか、謎である。

象徴としてのブラジャーではなく、実存としてのブラジャーの、気まぐれ撤廃を求むる気持ち。日本同時多発ノーブラ革命とか起きないかなー。着物からミニスカートまでやってきたのだから、やればできると思うのだけれど。あと三回くらいこの話したいよ！

（二〇一一年七月二十八日）

ブラジャー革命、その後

前回、わたしは当コラムで、欧米諸国の女性たちが夏場などにけっこう自由に乳首を解放しているのにくらべて、日本女性のかたくななまでの乳首保守、それに先立つあらゆる方面の抑圧を憂えるべき事実として「日本同時多発ノーブラ革命」を叫んだわけなんだけど、気づけば夏も終了し、もう少しすると「ブラジャーって冬とか暖かくて重宝するよね！」みたいなことになるはずで、つまり今年の夏も革命は成就されなかったのであった。

しかし「あ、あなたたちは乳首のことしか考えていないのですか」と突っ込みたくなるほどの大反響をいただき、多くの男性の感想は「そんなの女性が自意識過剰になってるだけ、もっと堂々とすればいい」とか、まあ推して知るべしの内容が多かったのだけれど、女性からの反応はまことに励みになりかつ力強く、分析力と実践力に富むもので、乳首の価値論から状況論、ブラジャーの起源と歴史に触れつつ、今後の対策を示唆するものなど頼もしい限り。

やはり夏場のブラジャーの、なかば義務化した装着は、多くの女性の問題であったのだという思いを強くし、現在は欧米に住んでいる友人たちにもリサーチして「いかにしてノーブラは可能か」を練ってるところ。

そして隗より始めよ&地味に実践もしていて、たとえばコンビニなどにはノーブラで出かけるようになったのである！　しかし刷りこまれた保守精神はしぶといもので、胸のところで組んだ腕を外すことができず歯ぎしりしながら店内を一周して帰ってくるだけ、という、なんとも情けない現状ではあるのだった。今後については別途報告を待たれたい。

しかしネットでのあまりの伝言ゲームっぷりには驚き仰天。

「まずはわたしが率先してやらねばならないのか」が、いつのまにか「透け透け乳首で講演とかしよっかなあ！」とかになってて、なんなん。


（二〇一一年九月一日）

ダッフルは誰の思い出？

雑誌をめくればこの季節、いろいろ出てくるコートだけれど、ダッフルコートって好きなのにもう二十年以上着てないなってぼんやり思えば、わたしの脳裏に浮かぶのはひとりの少年であるのだった。

色白で体が小さく、見るからに気の弱そうなその少年は、冬になると必ずダッフルコートを着ていた。ある日、変な男に変な具合に声をかけられ、もにょもにょと押し問答をしたのち、あれよあれよと公衆トイレに連れていかれてしまった。

今となれば、男性による少年へのいたずら、というのは瞬時に理解できるところだけれど、まだ少年だった彼は、これが「殴られる系」でもなければ「お金を巻きあげられる系」でもないことしかわからずに、その得体の知れない、なにか大人の国からやってきたっぽい、とんでもない恐怖に震えることしかできなかった。男の隙を見てコートのポッケに、にぎりこぶし大の石をさっと拾って隠し、なにかあったらそれを男の頭に振りおろせるようにと汗だくになりながら想像し、それをずっとにぎっているのだった。

じっさいにはことなきを得た、これはわたしの友人がずいぶん昔に聞かせてくれた体験話なのだけど、なぜか深く印象に残っていて、ダッフルといえば、いつからかこの情景、という感じになってしまった。

少年の白い恐怖と石でふくらんだポケット。

ちょっと遅れでやってくる、子どもの怒りと大きな戸惑い。そういえば、あのときもあのときも、自分だってダッフルコートに石を忍ばせていたんじゃなかったか。子どもはみんな、多かれ少なかれそうだったのじゃなかったか。ダッフルコートはすべての子どもがついぞ言葉にはできなかった、そんな部分が形になったものであるようなイメージが、わたしにとても残るのである。

ああ、秋って一年における、やはり薄暮であるのだな。誰彼の区別がつかなくなってゆく黄昏のこの季節、誰かと誰かの記憶と感情が分かちがたく溶けあって、自分がどこにいるのか、あやうくなるね。

（二〇一一年九月二十九日）

ハイブランドの幻惑

ポリエステル一〇〇％の衣類を身につけることが、三十も半ばになると全方位的に厳しいということは、以前にも書いてきた。

しかし家着としては最高で、執筆などで引きこもっているときはずいぶんお世話になったもの。でも最近のわたしは新刊の宣伝などで人前に出る機会が増えて、洋服を買い足さねばならぬ事態になり、ため息つきつき、いつもお世話になっている表参道のセレクトショップへ出かけていった。

これいいわあ。なんたるドレープ。このテクスチャー。世にも素晴らしいカッティング！……洋服はやっぱ最高ねえ、なんて感嘆しつつあれこれ試着して「これ以外は考えられんね」なんて思って、いくらですかと尋ねると「こちらのスカートはアライアで三十万円、そのニットは十八万円でございます」の世界なのだった。

わたしはニナリッチが好きで、たまに買うこともあるけど、それはびしっと気合を入れた場合で、何気に試着したスカートとセーターに約五十万円というのは、何かが間違ってるような気がしてならないけれど、どうなんだろう。いいものはそんな値段ばっかりだ。

「すごくいいもの」を着るとそれ以外はもう見えなくなる魔法というのがあって、これが大いに問題なのだ。

さらに剣呑なのは、悪魔のささやき「ザ・日割り計算」。

「一生着るんだから一回につきこれくらい、と思えば安いんやないの」という、恐ろしい錯覚なのだった。

単なる贅沢ではなく一応仕事で着るんだし、とかそういう言い訳も大集合。ぎりぎりと歯を食いしばって逡巡するも、最終的に浮かぶのはパート生活をしている母の顔&その時給なんですよね。この、すべてを全(ぜん)なしにしてしまう破壊力には毎度のことながら唸らされるものがある。かくしてわたしは何も買わずに帰途につき、残ったのは疲労とちょっぴり淋しい気持ちだけ、なのだった。

（二〇一一年十一月十日）

指さきの小さな愉悦

季節というものをふりかえってみれば、そのときどきでなんと多様なおしゃれが存在することだろう。冬などはとくに身につけるものが増えるから、気をつかう部分も多くなり、手袋、首巻き、ブーツにタイツ、とおめかしどころだらけである。

しかしおめかしに参戦するかどうかは自分の生活のムードとお財布事情、あと着ていくところも肝心で、家にばかりずっといると、おめかしがどんどん遠くなって次第にやりかたじたいを忘れてしまうと、そういうわけだ。

そんなインドアな&部屋着で一週間のほとんどを過ごす人にも、日常的におめかし気分を味わえるのがなにを隠そう、ネイルである。

笑えるほどにデコラティブなデザインから単色をそのまま塗るもの、魔女みたいなのからお花畑ふう、コンサバティブなものまで、いろいろある。

わたしはもともと爪が薄くてよく割れるので、通常のマニキュアよりも丈夫で長持ちするカルジェル、というのがとても合っていて、夏などは明るい配色を、去年のクリスマスなどは赤のフレンチを土台にツリーやトナカイやリースなどを盛ってもらって、誰に見せるわけでもない指さきはこうしてキーボードを打つときにちらちらと目に入り、それだけでなかなかうれしい気持ちになるのだった。

ちゃんとケアすれば二カ月弱もつのでお手頃だし、定期的にきちんと通って爪の保護&ささやかなおしゃれを楽しんでいたけれど、大震災以後はどういうわけかぱたりと行かなくなってしまい、今ではなんにもしていないのがじりじりする。

自分の体の一部にちょっとだけ気をつかっているという事実に、なにかのどかの目盛りがあがる。それに、指さきの小さなおめかしは、少女だったころの塗り絵熱とか工作熱とかお絵描き熱にもつながっていて、どこか安心するんだよね。

（二〇一一年十二月八日）

流行と自意識

冬になれば大活躍のダウンジャケット。安値のものから高値のものまで機能も充実、色々あるけど、わたしが持っている唯一のダウンは、八年くらいまえに購入したエミリオプッチのものなのだった。

セレクトショップで発見した途端に虜（とりこ）になってお金もないのに買って帰り、基調の色は白とオレンジと黒という、派手という言葉が思わず恥じらって目をそらしてしまうほどの、ものすんごい柄であったのだ。

大阪出身のわたしの鼻はむくむく膨らみ、秋から冬にかけてどこへでも着ていくほどに気に入った。友人からは「おっ、きたきた、錦鯉」と笑われても、着ているだけでテンションがあがり、初めてのニューヨークでは「それどこのだ！」と十人以上に声を掛けられ、本当はネガティブ極まりない自分でも「じつは社交的なんやないの」とうっかり錯覚してしまうくらい、とにかくわたしは楽しんだ。

しかし。その少し後で——みなさんも覚えてらっしゃるでしょうけど、エミリオプッチの大ブームがやってきて、石を投げればプッチ柄に当たるってな事態になり、そうなると途端に気が引けてしまうのも事実なのだよね。あれなんでやろ。わたしが買ったときはヴィンテージこそ豊富に出回っていたけれど、新作をみんなが買い求めるという状況ではなかったわけで……仕方なく錦鯉はそれから数年封印され、わたしはプッチの波が去るのを待ち、そして晴れて（？）今年の冬、ふたたび楽しんでいるとそういうわけでありました。

マイケル・ジャクソンが亡くなってから実家の母がドハマリしたので「そういうの恥ずかしい」とちょっと意地悪をいったら「し、死ぬちょっとだけまえから好きやった」とかいうので笑ったなあ。流行と自意識をめぐる問題、正体はいやになるほど単純だ。みんなとすごく違うと意味がなくなるから、ちょっと違うのがうれしいんだね。ああ。そういうの、早くなにもかもがどうでもよくなる日が来てほしいような、来なくてもいいような。

（二〇一二年一月十九日）

シルクに目覚めて

寒い寒い冬である。

もちろん冬は毎年寒いけど、今年の冷たさはまた格別な、そんな気がする。日中はたくさん着こめばなんとかなるけど、困るのはいつだって眠るとき。加湿器をつけたって暖房をいれたまま眠ると、やっぱり翌朝は調子良くないし、かといって昼間みたいに着ぶくれしたまま眠るわけにもいかないし。湯あがりに冷水をかけて保温して、ベッドに直行しても、眠るまでのあいだにどんどん手足が冷たくなって「わたしもいよいよ養命酒デビューの年齢なのか」と毎晩真剣に一度は思う。

このあいだ洗濯物がたまりにたまって寝間着がなくて、仕方なく十五年以上もまえに買ってあまり活躍していなかったシルクのパジャマを取りだした。シルクって手触りいいけどつるつるして上品なぶん、なんかつんつん冷たそうだし、やだな&ぶるぶる、みたいな不安な感じで着て寝てみたら……。

なにこれ。ものすごく暖かくって、保温の質たるや、これまで経験したことのないぬくもりがゆるやかにどこまでも持続して、わたしはとても驚いた。なんやのこれ、まるで天国ってなそれはもうそんな具合で、試しに翌日は素肌に着てみたら、もっともっと暖かい！　シルクすげえ……さすが最高級素材、繊維の女王っつうぐらいのもんで、個人的な感じをいえば、ヒートテックより暖かい。仰天しつつドハマリの予感ばりばりなのだった。

いろいろ調べてみると、今は手頃な値段で手に入るから、衣類で少し贅沢するならもう外見よりも断然内側のシルクだな！　気合入れて下着までそろえたら、わたし一体どうなっちゃうんだろう……。ぬっくぬく&しっとりで、想像するだけで顔がにやける。もしかして長年謎だった「ラグジュアリー・ライフ」って、こういう達成感のことをいうんだろうか……や、ちょっとちがう気もするけど、まっ、とにかくおすすめ。男性用も充実してるから、ぜひぜひお試しあれなー。シルクのぬくもり、これもう絶対に病みつくよ！

（二〇一二年二月十六日）

真珠のささやき

春めいてきたせいか妊娠中であるせいかわからないけれど、最近は頭がぼんやりしてあかんことだ。

水分少なめにこねた小麦粉の塊にでもなったよう。日常的に本は読むけど、それだっていっこうに冴えず、文字を追うので精いっぱい。映画でもけっきょくおんなじで、投げかけられるものを、うまく束ねていられない。では画面に映るなにを見ているのかというと、それは衣装なのだった。

この数カ月に観た映画はたまたま一九二〇～三〇年代あたりが舞台で、あの時代の衣装にはやっぱりため息が出るものです。『J・エドガー』や『英国王のスピーチ』などにも出てくるご婦人の着こなしにはうっとりで、繊細なレースの襟、ひざ下スカート、ミニマムなジャケットに飾り帽子……。

「あんな格好したいな、うふん」なんて思うのだけど、現在わたしには近所のスーパーぐらいしか出かけるところがないのが悲しいね。

それにしても映画のなかの素敵な女性はみな、真珠のネックレスをつけている。わたしはこれまで真珠に興味はなかったけれど、見れば見るほど「こうしちゃおられん、今すぐ真珠を手に入れなければ始まらん」みたいな焦りとともに、その魅力にうかされて、なんかじりじりするんである。

真珠。そのコンサバティブなイメージとともに、自分とは関係ないとなんとなく思ってきたけれど、うっかりするとエレガントな織田無道さんになってしまうんじゃないかと思ってきたけど、今、真に入手しなければならないおめかしのアイテムって、真珠やないの……。

そう思えばそうとしか思えなくなり、しかしどこへ行けばいいものが売っているのか&なにを基準に選べばよいのかもわからないし。そしてクローゼットを開けてみれば、ならんでいるのは主張の強いお祭り&デコラティブな服ばっかり。どうみても真珠の入る余地はなし。だいたい二〇年代っぽい服を集めることから始めねばならず、でもそんなの、近所のスーパーには売ってないんだよね。


（二〇一二年三月十五日）

ぺたんこ靴の真実

生まれてこのかた踵(かかと)の高い靴だけを好んで履いてきたのには理由がある。その不安定さから「いざとなれば転んでもよい」と、まえもってハードルを下げてもらってるような感じがするのと、やっぱりおめかしにおけるフィクション感――よそ行き感ですね、というのが大きかったりする。ぺたんこ靴では裸足やスリッパと地つづきな感じがして、どうもしゅっとせんのだよな、と長いあいだ、思ってきた。

しかし妊娠という変化はそういうポリシー&ささやかな矜持を一瞬でなかったことにするもので、スーパーへ行くにもハイヒールを履いていたのに、最近はどうだ。どこへ行くにもぺたんこ靴。視界は十数センチ下がり、まるで冴えない。もともと長くもない足がアスファルトにめり込んだように感じるではないか。

とはいえ、そんな理由でおめかしをあきらめるわけにもゆかず、それならばと百貨店へ出かけてレペットの春の新色を二足ばかり買ってきた。それはもう、うっとりするほどかわいくて、あれもこれもと心が騒ぐ。

しかし……いざ履いて鏡を見ると、なにかが間違っている気がしてしまう。なんなんだろう、この違和感……。

そう、これまでハイヒールばっかり履いてきた人間にとって、ぺたんこ靴って、不安なんである。街で見かける、ぺたんこ靴を履いたおしゃれな女の人と、まるで違う。どんなに雰囲気を真似ても、あんなふうにならないのだ。単に、見慣れない、ってこともあるだろうけれど、どうにも、様にならない。じつはヒールよりもぺたんこ靴のほうが履きこなしのハードルははるかに高く、これほどまでに肉体の素材がモノをいうアイテムも珍しい。

お尻が大きく首が長く、ひざ下の短いわたしには恐ろしく似合わないということだけがはっきりとし、履けばとりあえず背が伸びて足が長く見えるヒールという存在にどれほど甘やかされ、世話になってきたかを、いやというほど思い知ったのだった。

しかし臨月間近でヒールは、見た目&体にキツいのもまた確か。

どこか済まない気持ちでレペットを履いているけれど、こんなに素敵な靴なのに、履けば履くほどおめかしから遠ざかってる気持ちがして、あかんことです。いっそ背伸びしながら歩こうかと思ってます。

（二〇一二年四月十二日）

ドレスの行く末

結婚式をすることになって、ご経験のある方ならご存じだとは思うけれど、当日までのあの準備の大変さは「いったいなにごと」というくらい、あれやこれやでめまぐるしい。誰かにやれっていわれたわけでもないのに、なぜこんなことやるって決めちゃったんだろう。今回は、それにくわえて臨月という有りさま。なので、悩みの種は、もっぱらウエディングドレスであるのだった。

もちろん昨今は妊婦で挙式&ドレスも珍しくないけれど、しかし臨月というのはめったにないのらしい。「どんなもんかいな」と「妊婦・ウエディングドレス」で画像検索をしたら、出てくるのは太くてごっつくって、「ガ、ガンダムみたいになっとるやないの」と思わずつぶやかずにはいられないよな、装甲車的な四角い雰囲気。花嫁には罪はないけれど、可憐さやファンタジー感など微塵もなくて、おののいた。

こ、これ、見るほうも着るほうもきついよなあ……と思いつつ、しかしジャージーで出るわけにはゆかないので、ドレス屋さんに相談した。

「臨月……レンタル無理ですね！」ということでなんとオーダーすることに。

一度切りのものに何十万、しかも当日までおなかはどんどん膨らむわけで。「こ、これはホワイト獅子舞みたいになるやろな……」という不安もさることながら、根っからの貧乏性なわたしは「でも、でも……将来、姪ッコとか、着ようと思ったら着れるよな！」とか周りと自分にいい聞かせずにはおられず、そのたびに「誰がそんな巨大ドレス着るねんな、親戚の、その手の押しつけまじ勘弁」と煙たがられる始末なのだった。

無事に迎えた当日は、優れたデザインのおかげでおなかは目立たず、「ほんまに妊娠してはるのんか」とみなさんに驚かれるほどだったのだけど、あまりのめまぐるしさに二時間はほとんど二十分くらいの感覚で、ドレスを着た時間の感覚も、ほんとにほんとに一瞬だった。

しかし終わってみると「この贅沢な感じが、なんか非日常すぎて、ええのかも」なんて思えてくるから不思議だよ。しっかしオーダーのウエディングドレスって、最後はどうなっちゃうんだろうな。仏壇みたいに代々引き継いでゆくわけにもゆかないし。

（二〇一二年五月十七日）

当たり前じゃない、当たり前

少し前、ヘアデザイナーのヴィダル・サスーン氏が亡くなって、氏のことをなんにも知らなくても、シャンプーや整髪料なら使ったことのある人はかなり多いのじゃないかと思う。

何でも「女性のショートカットを生み出した」というのを聞いて、中学・高校時代をショートカットで過ごしたことを思いだし、そして今でもショートカットの魅力的な女性はわんさかいる。すてき。そう、女性がスカートをはくくらい、ショートヘアってほとんど所与のものくらいに思っていたけど「ああ、サスーン氏の提案の延長にあったもろもろだったのだな」と思うと、ほのかな感謝とはるかな気持ちが、うっすらこみあげてもくるのだった。

その関連で、映画『プラダを着た悪魔』も思いだす。

舞台は、ニューヨークの最高峰のファッション雑誌編集部。見習いの冴えない女の子が、プロたちの細かなやりとりに「いい大人がそんなに躍起になって」と思わず笑ってしまうシーンがある。

　そこですかさず、流行の権化である編集長が「あなたが今、何気に着てるその化繊のセーターのブルーが大量生産されたのは、＊＊年に私たちが作った流行の果てにあるのよ」的な内容でもって、一笑に付す＆論破するのが印象的だった。さっきあなたがバカにしたわたしたちの仕事の影響を受けて、今のあなたのチョイスがあるのよ、と。

　今日の女性のショートヘアも、下着も、そしてスカートもまたしかり。

　もちろん社会に生きている以上、常に何かしらの影響を受けているのは当然だけど、しかしこうやって、あらためてなじみのあるもので再確認すると、よくわからないけどちゃんとしなきゃなって、そんなことも思ってしまう。ファッションに限らず、既成概念と抑圧とを相手に根気よく闘い、そのつど少しずつ新しい風を獲得してくれたさまざまな分野の先達のおかげで、今、当たり前になったことが（とくに女性は）あまりに、あまりに多いのだからなあ。胸が熱いよ。


（二〇一二年六月十四日）

涙代わりのダイヤモンド

おめかしにも色々あるけど、洋服・バッグ・靴ときて、やっぱり最後はジュエリーだろうとそう思う。最初から宝飾品に目がない人もいるだろうし、書いていて、いったいなにが最後なのかわからないけれど、わたしにとっては、そう……頂に雲を従えて、はるかにそびえ立つ孤高の存在……いつかは登りたい山としての、そんなジュエリーではあるのだった。

宝石といえばダイヤモンド。

三十代も半ばだし、何かひとつ一生モノがあってもいいんでないかと思わなくもないのだけれど、しかしダイヤであれば何でもいいというわけではない。点のようなのが慎ましくちょこちょこ埋められてるのをつけてもなんかいまいちテンション上がらず、ダイヤ感がないんだよなあ。そう、ダイヤとは、なぜかそここの大きさがあるからこその、うっとりなんである。

いつだったか、ふらっと入ったティファニーで、「！」と心がどよめいたダイヤモンドはお値段五百万円であった。ボリューム満点、目がくらむ&永遠の輝きとはこのことか。

指につけて光にかざすと、瞳孔がパキッと開いて意識が遠のき、そのまま帰ってこれない感じ。魔物やで……と首を振りつつ、気合を入れて半狂乱になれば買って買えない額ではないが、何かが完全に終わってしまう。人生は長く、まだ生きてゆかねばならないので、何とか正気を取りもどしてその場を後にしたのだった。長寿の国の人間だもの……。

そんな折り、バリバリの某女性実業家がインタビューで「気分転換にやることは?」という質問にたいして「ダイヤモンドを買うことです」と答えてらした。それだけでも痺れるのに、「怒りや悲しみの涙の代わりに。ごろっとしたのを買うんです」。か、かっこええ……そう、ダイヤはごろりや! ダイヤのイデアは、ごろりなんや! とか叫びながら、くの字になってうんうん身悶えた。そしてひとしきりの興奮のあと一抹の淋しさが……あのね、自分がごろりじゃしょうがないのよ(涙目)。

(二〇一二年八月十六日)

部屋着革命ならず

暑い夏であった。ただでさえ外に出る気になれないのに、育児中ということで今年の夏は、ただただ家のなかで、生きていた。

洋服を着がえる理由がないからいわゆる部屋着で過ごすのだけど、髪は伸び放題&古びたTシャツと楽ちんスウェットをぐるぐる着回して、昨日と今日の区別もない。コーディネートという概念なんてもはや存在せず、チョイスの基準は授乳に適しているか、どうかのみ。

「今は仕方ないよね！」とか「その気になればいつだって！」などという言葉は将来の何をも保証しない。「いつか」も「いつだって」も存在せず、この言葉を信じた者から順繰りに、ただひそかに終わっていくのみなのである。そうなりたくなければこのへんで気合を入れて立て直さねば。外出しないからおめかしできないなんてノンノン。そう、外出しないならお家でおめかしすればいいじゃない。目指すはかわゆいルームウエア。血走った目で、わたしは伊勢丹に飛びこんだ。

夢のようなディスプレー、かわいい世界がおかえり！　って、抱きしめてくれるよう。

これこれ、これよ、わたしの世界はこれなのよ……目と脳みそがぴかんと光って手と目に飛びこんでくるフリルやりぼんや優しい手触りは値段も見ずに試着もせずに、片っ端から購入した。

「イメージぴったりですう」「ほんま？」「ほんまですう」

そんな黄色い応酬のなか、天井知らずのドーパミンにまみれつつ、「もはや産後ではない！」とわたしは心のなかで拳をつきあげて、快哉を叫んでた。今あるやつは、ぜんぶ捨てて入れ替えたる！　内側からの革命や！　みんな、待っててね！　スキップしながら帰っていった。

さて、家に帰って先代たちを燃えるゴミの袋にまるめて入れて、今夜から生まれ変わるわたしだよ。こんもり積もったかわいいの山からウブなコットンのレギンスとキャミソールを取りだして、どれ……ぜんぶ、サイズが小さくて入らなかった。まじで入らなかった。まだ産後だった。

（二〇一二年九月十三日）

ときめきは葬りきれない

部屋のなかに物があふれて、目も胸もどっしり苦しい最近だ。

自分ひとりが占める割合なんて一畳分もないっていうのに、まるで物のために家があるよな、この本末転倒感。そのなかのひとつは、もちろん衣類。「体はひとつなのに」と考えるべきか、「ひとつだからこそ」と考えるべきか。いずれにしても、着ていない服が多すぎるのは事実なのよね。

そんなだから少しまえ、「思い切って物を捨てたら、人生がバラ色になるよブーム」があって、それを勧める本がとっても売れた。どうやら「手にとって心がときめかなかったら躊躇せずに捨てるべし」というようなことが書かれてあるらしい。未読のくせに一理あるかも、と思ったわたしはさっそく衣類を「ときめきのふるい」にかけたのだけど、しかしこれが、ちっともうまくゆかないのだ。

そう。今、ときめかないからといって、それを理由に捨てられるのなら苦労はないのよ。かつてときめいた記憶「ときめきの杵柄（きねづか）」と、そしてこのさき、またときめくかもしれない「ときめきの返り咲き」、このふたつを葬ることが必要なのだ。

平たくいうと「今はもうときめかないけれど、でもときめいたことは覚えてるし、今後またどうなるかわからないよね」的な、そういう「今」とは関係ないことを今、判断しなければならない難しさが、物をなかなか捨てさせない……とか書きつつ、なんだかこれって物だけでなく、人間関係にも（や、人間関係にこそ?）ばっちり当てはまる気がするね。ああ、日常の悩みとは、だいたい似たり寄ったりの原理で生成されるものなのだなぁ。

しかし心は、今日も新たなときめきに弾むことを止めず、冷静さを欠いた深夜にネットで注文した服などが、忘れたころに快調に届けられる日々。

過去と現在と未来におけるときめきが組んずほぐれつ、やんややんやと合唱するなか、部屋はどんどん狭くなり、もうどこにも逃げられない。たぶん一生、いってるね。

（二〇一二年十月十一日）

「キヨシ」姿で育てるはずが

すぐに大きくなってしまうのに。まだ口もきけず、主張もない赤ん坊なのに。なぜ人は、親は、彼らに大人顔負けの高価な服を買うのか、さっぱりわからんかったのである。

一方的な自己満足って、滑稽だよね。逆に、なんか、恥ずかしいよね。どっちかっていうと、そんなふうに考えていたのである。

夢のように愛らしいベビー服や子ども服がちらっと目に映るたびに、「もし、もしわたしが赤ん坊を産んだとしても、男でも女でもタオルで撫でればすぐに乾くように頭は角刈りにして、どうせ汚れるのだから服なんか首回りだるだるのタンクトップなどを着させ、まんま山下清画伯リスペクトな感じでいったるで」と心の底から思っていたのだった。

でも、あかんね。あかんもんやね。赤ん坊を胸に街を歩けば、信じられないことに、本当に信じられないことに、子ども服が目に飛びこんできて目にくっついたら最後、もう離れてくれないのである。問答無用にかわいいんである。

オーマイ……オーマイ……とか後がつづかない外来語をうめきながら、頭皮にじわっと「かわいい汁」が滲んでくるのが、はっきりわかるんである。デザインや肌触りで、いいなっ！　と思うものは「え」というほどに高かったりもするのだけど、わたしはだるだるのキヨシで育てるつもりだったのだけど、でもどうせ買うなら気持ちよく使える物がいいしな、なんてさまざまな言い訳をずるずる適用してしまう体たらく。このあいだはオーガニックのレッグウォーマーを手に取るとかわいい汁が滲むどころか、どんどこ沸騰して大量に購入してしまい、このさき六回は快調に冬を越せそうな、そんなあんばいなのだった。

自分のことは顧みずとも子どもにかわいいものを着せたい……ああ、これが噂の親の気持ちなのか、愚かだのう、ぶるぶる……と震えながら、それでも買わずにはいられない。でも、そしたらわたしの積年のキヨシ画伯リスペクトの決意はいったい……と朝起きて鏡を見れば、そこには素っぴん&だるだるタンクトップの立派なキヨシ画伯、もとい、わたしが立って、い、いたんだな。オ、オーマイなんだな。


（二〇一二年十一月八日）

「凄玉」こそのシャネルの「5番」

おめかしを盛りあげるものは数限りなくあるけれど、そのなかでも香水はちょっと難しいほうだと思う。基本的には好きな匂い、つけていて心地よい香りを纏うことで問題ないとは思うのだけど、しかし量を間違えると時にまわりに迷惑をかけることにもなるし、場所との兼ねあいもあるし、洋服やその人の雰囲気や、さらには時間帯との相性だって関係あるような気がして、そんなこと考えると香水にまつわるあれこれの敷居が一気に高くもなるのだった。

しかし、われわれは知っている。自分からいい匂いがするということが、どれだけ気持ちを豊かに、また高揚させてくれるかということを。

自分がちょっといいものになったような気がして、それはいい服を着たり、ばっちりメイクをするのとはまた位相の違う満足を与えてくれるのだ。シャネルのNo.5なんてその代表格で、超有名なその香りは即座に思いだすことができるにもかかわらず、これまで一度もつけたことがないのだよね……。

そう、№５は、業界職種ジャンルを問わず、内面も外面も、自他共に認める「凄玉」でなければやっぱり似合わない逸品なのだな。

あまたの人が愛好し、誰もが知ってる名前と匂いなのに、あのズドンとゴージャスかつヘヴィーな匂いが様になってる女の人ってじつはあんまり多くない、と思わせるところに№５の妙があるような。

しかしわたしは買ってきた。凄玉どころか凄玉見習いですらないけれど、毎日ジャージーで生きてるけれど、しかしわたしは買ってきた。そして瓶口に顔を近づけてみれば「うっとり」だけをこっくり煮詰めた吹きだしがマッチ売りの少女よろしくぼわわーんと右斜め上あたりに、濃厚に官能的に膨らむのである。

凄玉になりたいわけじゃないけれど、いつかつけてみたいけれど、こうしてときどきかいでみるだけで満足のような気もしてる。これぞ、おめかしの引力ですねえ。

（二〇一二年十二月六日）

理想のガウンを探して

寒い毎日。パジャマ姿で洗面所に行くのが、年々つらくなってきた。寝起きだけでなく、入浴後とかにパジャマのうえに羽織る、ぬっくぬくのが欲しいんだよね。そう、それはむかし祖母たちが着てた、半纏(はんてん)めいたもの。しかしそれを着てしまったら、なけなしのラグジュアリーの最後の貴重な一滴が涸れてしまう気が激しくするので、今日も震えながら生きてます！

でもこのあいだ映画を観てたら、あるやないの。外国の若者たちがマグを片手にガウンみたいなのを着て談笑してる！　これやがな！　と家を飛びだし、わたしは伊勢丹に駆けこんだ。けれども、あるのは上半身だけに狙いを定めて、もこもこを詰めこんだ、ご存じ、半纏に類するものばっかり。部屋用ガウンありますか、と訊いて案内されるのはバスローブばっかりで（わたしもさっき知ったばっかりだけど）、ガウンそのものが、ほとんど認知されていないんですね。文化が違うっていうのは、顕著ですね。着物ということもあるけれど、日本の場合は「こたつ」があるから、下半身の保温についてはあまり考えなくてもよかったのかなあ。しかし中途半端なわが家にはこたつはないので、なんとかガウンを手に入れたいところ。

歩き回ってようやく見つけたのは、店員もその存在を間違いなく忘れていたであろう、なんか熊みたいなずっしりしたやつ。手にマグじゃなくてどうみてもブランデーグラス的な。若者じゃなくて親分的な。談笑じゃなくて談合的な。素材はカシミヤで、なんとお値段、六万円。もはや疲れ果てていたわたしは、気がつけば夫の分までを買っていた。

この買い物、どうなんだろう……っていうか、半纏のなにがいけないというんだろう……包装の段階で、すでに不安が充満していたけれど、どうにかいいところを見つけて最高最高！　とテンションをあげ、われわれはこの買い物が間違いでなかったことを証明したいがために、気がつけば毎日ガウンで仕事をした。重かった。肩こった。ガウンでも半纏でもなく、フ、フリースの上下でまったく問題なかったね、ということは、もちろん一度も口にせずに……。

（二〇一三年一月十七日）

しんどくてもエディの虜

男性のおめかしに全く興味のなかったわたしだけれど、家人の買い物につきあって、阪急メンズ東京へ行ってきた。

目当てのお店はサンローラン。カール・ラガーフェルドがその服を着るためにダイエットをするくらい惚れこんでいたディオールオムのデザイナーだったエディ・スリマンが、数年の沈黙を経て就任して手がけた最初のコレクションだそうで、徹夜組までいたらしく、とにかくずうっと長蛇の列で、入るのにすごく時間がかかったよ。

上も下もめっさスキニー。ぴっちりロックで、家人もエディを着るためだけの体形維持に余念なく、現場は「エディ着たるでメンズ」がひしめいていた。

そのなかで、すごく若く見える男の子がいて、素人のわたしにもわかるくらいの全身エディ。すごいな、お金もってるんだな……いや、この日のために貯めたのかな、とか感心しつつ、しかし彼はぽちゃぽちゃの、どちらかというと叶姉妹よりの体形で、明らかに、なんというか、基本的にサイズが合っていないのである。わかるけど、大好きなのはわかるのだけど、そしておめかしが時に苦行と同義であることは知ってはいるけど、しかし服としての機能がまずは破綻している感じに、すごくどきどきしたのだよ。

似合ってないとかじゃなくて、それはあまりにもキツキツで、うっ血してないか、しんどないか、途中で気分わるならんのか、もっとゆるい服やったらあかんのか……と気持ちはすっかり母親目線で、おろおろした。しかし彼はわたしの腕くらいの細いパンツをもって試着室に入るや顔をだし、「もうひとつ下のサイズあります?」と目を輝かせながら、尋ねたのだった。まさに虜、恐るべしエディ……。

おめかしとは自己満足。

どれほどしんどくっても、無理していても、本人が気分よくいられればそれでいいと思ってる。けれど他者の評価がその満足に貢献するのもまた事実。おめかしとはそのふたつのイメージのせめぎあい&見極めで、その均衡が高く保たれたときに「おしゃれな人」というのが成立するのだろうねえ。おめかしは、むずかし。

（二〇一三年二月十四日）

デビルマン２０１３

映画のことなんかなんにも知らなくても、年に一度のアカデミー賞授賞式は、見ていてちょっと楽しいですねえ。ほとんど未見の映画だから賞の行方にあんまりどきどきもできないのだけど、しかし、つぎからつぎに登場する女優たちの装いには、毎年のことながらうっとりだ。

あんなに大きいのにあれ、全部本物のダイヤやもんなあ、耳にも首にも手首にも、へえーアルマーニってああいう感じも得意やねんな、あっアン・ハサウェイのあの薄ピンク、プラダと思ったらやっぱりプラダやった、とか頭のなかで高速でつぶやきながら、この日のためにおそらくは尋常でない気合を入れてきた女優たちのドレスのさまざまを見ているだけで、なんとも贅沢な午後を過ごしているような気分になるのだった。

そのファッションは、もちろんほとんど参考にならないのだけど、しかしメイクはどうだろう。

「目も頬も眉も全部のせやん……『メイクは引き算』の時代は終わったんやな」

「あの赤のリップ。ぽってりツヤツヤの時代も終わったな、今年は断然マットやのう」

などなど、今度は完全に声に出してぶつぶついいつつ、画面の向こうのゴージャスなもろもろに感化されて、なぜか、なぜなのか、用もないのに唐突にメイクを始めている自分がいるのだった。

画面を見い見い、ハリウッドセレブのパーティーメイクを真似してみたら、これがなかなかに手応えあり。っていうかマンネリを脱出できた感すらあるじゃないの。いい感じ。この感覚、忘れやんように、定期的にしなあかんなあ。せっかくやから、このまま買い物いってこよ。

ところが。すれ違う人がみな、なぜかわたしを警戒してる、そんな気配が。

「?」と思いつつ冷凍食品のところの鏡を見たらぎょっとした。そこにいたのはあり得ないほど濃いメイクをして、なんかものすごく強そうな、そう、まんま「デビルマン」な人がいた。住宅街にこんな人、軽く事案になるんじゃないのっていうくらい、ものすごい陰影の人がいた。っていうか毎年この季節にわたし、デビルマンになってるような気がする。

（二〇一三年三月十四日）

ぴんと伸ばした背すじのはずが

春ですね。薄手のコートを羽織るもよし、ワンピース一枚で出かけてもよし、おめかしには最適の季節が来ちゃったよ。

メイク、髪形、贅沢品に、心意気……この連載では最高のおめかしを作る要素についていろいろ書いてきたけれど、ひとつ大事なことを忘れていた。

そう、それは姿勢。ぴんと伸ばした背すじ、まるで頭頂部から見えない糸ですっと引きあげられているかのような真っすぐな姿は、まさにおめかしにとって基本中の基本。イット・バッグ（今、旬なバッグですね）をもっていようが、ハイブランドをさらっと着こなしていようが、姿勢が悪いだけで何もかもが瞬時に色褪せ、まるっと台無しになるのは、みなさんご存じのとおり。これは逆のこともいえて、姿勢が素晴らしくよければそれだけで、高価なものは何も身につけていなくとも、ある種の魅力というのは常に保証されるものなのだよね。

そんなことを考えながら、わたしは新刊のインタビューを受けていた。このあとは撮影があるらしい。撮影は苦手だけど、姿勢さえよくしていれば最悪なことにはならないよね。

　おしゃれな手すりに手をアンニュイに置き、くっと腰を入れて気分はちょっとしたメヒョウな感じで（どうも例えが古いね）「姿勢ええやろアーチ」を存分に背中に描いてポーズを決めた。反らしに反らし、もうこれ以上は反らせない！というくらいにわたしは胸をばんばん張りつづけた。ものすごくしんどかった。

　で、あがった写真をどれどれ、なんつって見ると、メヒョウなんかどこにもいない。ただ「笑顔で健康器具に寄りかかってる人」がそこにいた。あまりにも鈍い、鈍すぎるその姿……そのくせ、顔だけはこう「わたし、鋭いで」みたいな表情を作った、とてつもなく恥ずかしい人が、そこにいた。あんなにあんなにあんなに意識しても、もう伸びないんだ……限界なんだ……ショックだった。精神と体が、どんどん乖離（かいり）していくこの感じ。どんなに強く願っても、どうにもならないことってあるんだね。


（二〇一三年四月十一日）

九〇年代って、もう「昔」なの？

わたしがおめかしに目覚めた十代の後半、時は一九九〇年代初頭。美術系の学校へ通っていたために、まわりはおめかしにかんする意識の高い少年少女ばっかりで、ロリータファッション、モッズコートに鉄板入りの安全靴、はたまた大正ロマン風のフィンガーウェーブ作りに精を出したり、とにかくみんな「かっこえぇな」と思えるものに夢中だった。

近隣の女子校ではちらほらルーズソックスがお目見えする時期でもあったのだけど、そこは自意識ばりばりの美術学校生のプライドっていうか、「あくまで、われわれはおめかしの歴史と精神に敬意を払いつつ、それを激しく更新してゆくんやで」という構えでもって、とにかくいろんな時代の、おめかし&文化をアウアウいいながら背伸びしつづけ、吸収する日々であったのだった。

そんなわたしが好んでよくしていたのは七〇年代ファッション。

昔の雑誌がお手本で、腕が痙（つ）るほど逆毛を立てて、後頭部をこんもり膨らませたヘアスタイルに意味不明の花をつけ、ミニワンピースにサボを履き、ビートルズの「ホワイト・アルバム」の右チャンネルだけ聴いてるような、どこからどう見ても典型的にウザい少女だった。

　でも、楽しかったな。お化粧こそしなかったけれど、当時が今ならきっと大変だったと思う。つけまつげにてこずって、たぶん毎朝五時起きだったに違いない。

　そんなことをぼんやり思いだしてたら、この二〇一〇年代現在に青春を送っている若者たちにとって、わたしの七〇年代に当たる年代というのが、もはや九〇年代なんだってことに気がついて思わずヒイ！　と叫んでしまった。

　きゅ、九〇年代なんかこないだやんか。

　そう、当時、七〇年代とか学生運動とか文化全般ってなんだかすごく昔のとても古い時代という印象だったのだ。サボも頭ぽこんも、当時はすんごい昔の人たちのファッションだと思っていたのに。あの感覚、今の若者にとってはわたしの青春時代がそれだなんて（以下省略）。

　そういえば九〇年代って、世間的には何が流行ってたんだっけ？

確かに生きていたはずなのに、何も思いだせないのよね。

（二〇一三年五月九日）

「モテ」との関係、あるのかな

季節とともに移り変わってゆく、おめかし。しかし変わらないものもあるよね。このあいだ「わたしのおめかしで一貫してるものって何やろか」と女性誌を眺めながらぼーっと考えていたのだけれど、あった、あった。それは「異性の目を気にしたことがない」ということ。

友人にそのことを話すと「もうええって」「刺されるよ」とかせせら笑われたのだけど、でも真実なのだからしかたない。そう、わたしはおめかしをするときに、たとえば「これって男ウケいいかなあ」に類することを、ただの一度も考慮したことがないのだった。

しかし昨今は「モテ服」とか「モテメイク」という概念が市民権を得ていて、そういうのを見るたびに「これってホントのことかなあ」と少々不思議な気持ちになっていた。だって「不特定多数にウケるおめかし」っていうようなぼんやりしたことをつづけるのって、モチベーション的に、すごーく難しいような気がしませんか。

「そんなことといえるのは、きみが恋愛・おめかし強者だからだ！」とかいわれそうだけど、そうじゃないよね。

この「異性にウケる服を着たい」っていう心情こそが、いわゆる恋愛強者の心情なのだ。

目立たない&差し障りのないものを着たいとか、相手にせめて不快感を与えない装いをしたいとか、これはそういうのとはまったく違う。好きな人がいて、その人に好感をもたれたい、モテたいというのならささやかだけれど、広すぎる海原にとりあえず網を張るようなおめかしって、かえってものすごく上級者向けのような気がしてしまう。

「その服が着たい」から、あるいは「あんな人になりたい」という単独の向上心から人はあこがれ手を伸ばすのであって、異性の目を気にしないおめかしなんて、ふつうだよね（そのあこがれの対象のおめかしに異性の目が織り込まれていたとしても）。

さきの友人にそういうと「そういえば、わたしもそうだわ」。

おめかしとモテはやっぱ関係ありそうで、ないんだよね。

（二〇一三年六月六日）

伊勢丹で日割り計算をしてみる

遅ればせながらリニューアルした伊勢丹へ行ってきた。仕事の帰りにハイヒールの踵(かかと)が壊れてしまったので仕方ない。去年は着ていくところなど全くないのに気がつけば散財しており確定申告で震えが止まらなかったので、今年はもう洋服買わないいんだぜ！　と誓ったわたしだけれど、裸足で帰るわけにはいかないしね！

春夏はヴァレンティノのレースとロックスタッズの組みあわせにも目をつむり、ボッテガのうっとりするよなヌーディ・カラーに手をふって、シャネルのワンピースはどれも見ないようにした。そして秋冬。送られてくるカタログの写真にため息つきつき、なんて美しいのだろう……もう、何がどうなってもいいかなー！　なんて一瞬だけど思ってしまう。このタイミングで伊勢丹に来てしまった、愚かなわたしなのだった。

恐ろしいのは当コラムでも再三書いている「日割り計算」。

これは目のまえに、高額かつ購入しないことには一歩たりとも動けないほどに胸をわしづかみにされる品物に出会ったときに作動するシステムで、「良い物を長く楽しむためには先送りにするんじゃなくて、今買うのが全方位的に最適解だよ」という、なんだかもっともらしい理屈によって、支えられているの。

まるで光に吸い寄せられる蛾みたいに、あるいは解き放たれた三歳児みたいに、完全に伊勢丹と一体化していたわたしの両手には二時間後、いっぱいの紙袋が。

恐るべし日割り計算。

いつだってわたしは値札についた金額を余生の日数で割ってきた。

「そっかあ、一日二百四十円かあ」なんていって。

でもね、ドレスなんて数回しか着ないのである。一年のうち三百五十日は、普段着なのである。日割り計算、根本的に間違ってる。

体はひとつなのに、や、ひとつだからこそやめられない、これぞまさにおめかしの引力。そして積みあがった買い物袋をまえに、これからは日割り計算をやめて原稿用紙に換算しろよと声がします。お願いします。

（二〇一三年七月四日）

前髪にそれぞれの美学

今よりうんと若い頃、わたしはもっとおめかしに夢中だったように思う。とくに髪形。

朝七時からのバイトでも、編みこんだり、つけ毛を垂らしたり、りぼんを巻いたり、全体に鮮やかな毛糸をつけたり（当時はボーンとしてかわいかったの）、なぜか毎日、気合が入っていた。いったい何時起きだったんだろう。今じゃちょっと、信じられない。

ときどきテレビを見ると若い女の子たちが踊っている。もちろん、色々な女の子がいるのだけど、後ろ髪はロングでもショートでも前髪のある子がけっこう多い。で、ただの前髪なんだけど、しかしかなりの確率でみんなに共通しているものを発見した。右か左の端あたりに山切りカットのような隙間をつくっているのだ。あれはなんていう名前の流行なんだろう。

もう少しまえは美容院で使うような髪ばさみを前髪に挟んだまま、というのがたしか流行っていたけど、知らないあいだに見なくなっていた。そして最近は山切り。分け目ではなく、あくまで切りこみ。最近は、漫画から着想されているのかな。いっとき見かけた、盛り盛りにしてる金髪の男の子たちの髪形も、そういえばドラゴンボールの悟空みたいだったもんな。

前髪の流行って確かにあって、わたしが中学に入りたての頃なんかは、前髪の半分を上向きにカールして、ケープとかＶＯ５とかで、がっちがちに固定して、下半分の前髪の根元をふわりと立ちあげる、っていうのが大流行していて、どのカールもおなじに見えてもそこにはそれぞれの美学と技が確かにあった。あの山切りカットにも、きっと苦労とこだわりがあるんだろうなー。今のわたしには知るよしもないことになっちゃったけど。

流行っては消えていったすべての前髪には未だ復権の余地はあると思うけど、でも、二段分けの前髪カールだけはもう無理だろうなあ……じつはこのあいだ、なんとなーく家でやってみたんだけど、意味不明すぎて笑いにもどこにも行き場がなかった。前髪の完全なる臨終に立ち会った気分だったよ。

（二〇一三年八月八日）

一級の日傘、とびきりの黒

暑い、暑い夏だったよね。ただ息をしているだけでも肌が焼け、目のなかが白く発光してゆくような日差し。毎年思ってることかもしれないけれど、しかし今年はちょっと格別の暑さだった気がする……。

UVケアはもう常識だけれど、UVカット加工されたサングラスをかけないと意味がないなんて。恥ずかしながら知らなかった(色つき眼鏡は瞳孔が開くため、UVカット加工されていないと、より紫外線を吸収するのですって、おそろしい!!)。いや、知識はあったのだけれど、実感したのは今年の夏が初めてだった。

というのも、紫外線というのは肌以外にも目から吸収されて、その刺激&指令でメラニン色素が作られるというメカニズムがあるからで、とくに外を歩くときは要注意。今年、日焼け止めを塗れども塗れども焼けてしまったのには、そういう理由があったのね。

そして日傘。サングラスとおなじく、「大きくて黒ければいい」ぐらいに思ってたけど、日傘の生地にも等級がばっちりあって、その基準というのが「ええ」というほど厳しく設定されているということも、初めて知った。

使用される生地の評価には遮光率、紫外線遮蔽率、遮熱指数の三つのポイントがあるのだけど、これが一級であるためには遮光率が九九・九九％である必要があるみたい。でも二級であっても一級とは一％程度の差しかなく、素人にはこの一％が実際にどのような違いを生むのかぴんとこない部分もあるけど、しかしれっきとした差がどうも、あるのだそうだ。

そんなわけで来年の夏に備えて、わたしは一級の日傘を買いに行った。感動的だったのはその黒さ。

「黒のイデア」としかいいようのないほどまっ黒で、傘のなかに入ると太陽の方向さえもわからないほどの完璧な黒。「そうか、黒は黒でもこれくらいの黒やないとあかんねんな」。初めて黒を見たようなこれまでの自分自身の認識の甘さに「もう！　今まで増やしたメラニン返せ！」といいたくなったけど、や、それってこっちに返ってきたら困るよね。


（二〇一三年九月十二日）

ニナ！ ごめんなさい

先日、谷崎潤一郎賞を受賞して、お会いする人たちにおめでとう！ とお祝いをいってもらうことが多いのだけど、そのあとの「で、何着るの？」「どこのにするの？」という質問がほぼセットであり、ただ洋服が好きなだけでおしゃれでもなんでもないわたしは静かに震えているのだった。

育児&仕事で時間がなくて、ドレスを買うのは今日しかない。「気合いれるで」とレッドブルをがぶりと飲んで飛びこんだ伊勢丹。

ヴァレンティノ、シャネル、「素敵やわあ」と思うドレスはすべて百万円とかそれ以上して、またもや震えが。一度着たらまるっと気が済むデザイン&ゴージャスさ。でも目がゆくのはなぜかそんなのばっかりで、わたし出産&育児でちょっとおかしくなってんのやろか。誰かがそっと背中を押せば「あーこれください。あとこれも」なんて恐ろしいことに半開きの目でカジュアルにいってしまいそうなのである。試着するたびにあまりに似合わなかったことから、幸か不幸か購入は見送りになったのだけれども……。

　安堵とがっかりを背中にしょって家に帰ると、クローゼットから「わたし、いますよ……」という声が。それは買うだけ買って着ていなかったニナリッチ！ああ！　産後、現実逃避&睡眠不足で判断力が消滅していた時期、着ていくあてのないドレスを、まじで買いだめしていたんだった……そして今回、浮かれてすっかりそのことを忘れていたのである。「ニナ！　ごめんなさいニナ！」とひしと抱きしめ、新しいものばかりに目がゆく自分を責めた。

　しかし。舌の根の乾かぬうちに、なんか百万円得しちゃったなー！っていうそんな完全に間違った感覚にうししとなり、翌日、気づけば受賞パーティーにぜんぜんまったくかけらも関係ない、シャネルのコートを買っていた。そして明日はまた伊勢丹にニナに合う靴を買いに出かけるのである（お願いだから貯金して！〈泣〉。byＡ未来の自分）。


（二〇一三年十月十七日）

ああ、金剛石よ！

　またしても、またしてもティファニーである。

　このあいだある女性誌の特集で、ごろりとしたダイヤモンドをつけて撮影する機会があったのだけど、指にはめるやいなや、

「成程(なるほど)金剛石！」「まあ、金剛石よ」「あれが金剛石？」「見給え、金剛石」「あら、まあ金剛石？？」「可惑い(すばらし)金剛石」「可恐い(おそろし)光るのね、金剛石」と脳内はひとり『金色夜叉』状態に沸騰しちゃって、それがもう、きれいのなんのって。

　文字どおり、ダイヤモンドに目が眩(くら)んだわたしはその冷めやらぬ興奮を数人の友人にぶつけたのだけれど、みんな半笑いで、にやにや買え買えいうのである。まったくもって無責任で（当然か）、人がそういう清水をはるかに越えた舞台から飛び降りて着地に失敗、首の骨でも折るのをただ見たいだけなのである。

「だって七百万円とかやで。人の生死に関わる額やで」というと「インタビューのときも対談のときも、常におでこに手をかざしてる謎の作家になればええや

ん」とか「変なバンドのヴォーカルみたいなマイクの握りかたして講演したらええやん」とか、つまりどうでもよいのである。それでも「で、今度会うときには、そのティファニーのきらきらダイヤモンド、ばっちりつけてきてくれるんやんなっ！」とかいわれると、オチをつけねばという謎の義務感に急かされて「こ、ここで買ったらちょっと面白いのかも……」なーんて考えている自分がいるのである。恐ろしすぎるわ……。

まあ数日で目が覚めて、もちろん買わな（買えな）かったけど、このあいだ、ちょっと気がついたことがあって、それはダイヤモンドは「あくまで自分で買わないとうれしくもなんともないんだよなー」ということだった。

まあダイヤに限らずわたしはなんであれ基本的にそうなんだけど、でもそれっていったいなんでやろ？　以下次回（たぶん）。

（二〇一三年十一月十四日）

贈られ上手 VS. マッチョ親父

ダイヤモンドに目が眩んでのところで耐えきった、みたいな話を先月は書き、そしてダイヤモンドに限らず、なぜか欲しいものは自分で買わないとすっきりしないというこの心性っていったいなに、というところからのつづきなのだった。

若い頃は「自分の物は自分で買うのは当然」って思っていたし、「今度の記念日に、あれ買ってくれないかなあ」とか、男性に期待するのも面倒臭いし、かっこわるいし、自分で買うと達成感あるし、仕事もまたがんばろうと思えるし、とにかく「自分で買うことは人として、とくに女として、かっこいいのだ」と、真剣に思っていたのだ。そして今も変わらずそう思っているのだけれど、半分意地になってるのでは……とちらっと思うようになった。「ここまで来たんや、最後まで貫いたる」みたいな……。

そう。たとえば、最近。なぜなのか雑誌とかで「贈られ上手な女たち」的な特集があると「フム……」と気になるし、そしてわたしのまわりにいる「男にプレゼントをもらいまくる女性たち」にとっては自分の欲しいものを誰かに買ってもらうことこそが当然で、わたしがよりどころにしてきた「かっこよさ」になんて、爪の先ほども興味ない。

おまけに「ええっ。なにその苦労趣味、意味ふめーい」と笑われる始末で、そういわれると、心のどこかがなんだか以前と違ってしゅんとしてしまう感じがする。「お、贈られ上手な女になってみたい……」という願望が、わたしにもしっかりあるのじゃないのだろうか。この点については、今後、観察をつづけたいと思います。

とはいえ、やっぱり基本的には、物そのものよりも「自分で買う」という点に価値を感じ、奢（おご）られるより奢るのが、プレゼントはもらうよりあげるほうが好きなわたし。

でもこれって、何かに似てるな、なんかどこかで聞いたことあるな、知ってるな……と思えば、そう、意地もかっこよさの追求も含めて、まるっとそのままマッチョ親父のメンタリティじゃないですか。おーこわ……。

ところで欲しいものは他人に買ってもらう世界の住人たる友人たちに、じゃあ、自分のお金は何に使ってるのかと訊くと、即答で「貯金」だそうです。いいね！

（二〇一三年十二月十二日）

ヴィトンにひれ伏す

おめかしが好きな素敵な女性とおめかしについて話をするのは、とっても楽しい。このあいだも臨床心理カウンセラーの信田さよ子さんとお会いしたら、真っ白で素敵なヴィトンをお持ちで、バッグの話題で盛りあがった。そして、「……そういえば信田さん、信田さんとヴィトンといえば……」わたしは以前、信田さんの御本で読んだことを思いだした。

「そうなのよ。ヴィトンのバッグが盗まれてね……半年以上も経ってから見つかったの。ドブ川で。中身はなかったんだけど、バッグだけもどってきたのよ。どろどろのボロボロになっていて、ドブ川のにおいがしみついていてすごかったんだけど、わたしね、洗ってみたのよ。裏返しにしてゴシゴシやって、乾かして。そしたらね……元通りになったのよ。買ったときとおなじ。完全に新品みたいに生き返ったのよね。それを見てなんか怖くなっちゃって（笑）。それ以来、わたしはヴィトンにひれ伏しているのよ、ウフフ……」

何度聞いても（読んでも）すごすぎる……気がつけばわたしも心のなかでひれ伏していた。ほかのブランドのバッグもおなじような目に遭ったら完全復活を果たすのかもしれないけれど、それを試してみるわけにもいかないし。とにかく状況をふくめて、ヴィトンの底力を思い知るエピソードなのだった。

ブランド物のバッグを欲しがる心理には無数の動機とその組みあわせがあるだろうけれど、デザインもよくて頑丈っていうのは頼もしいよね！

「ああ、わたしもきたるべき事態に備えて、なにがあっても平気なように、めっさ強くてめっさ頑丈なヴィトンを買わなあかん気持ちになってきたわ。ひとつでも多くな」とため息をつくと「バ、バッグはお守りでも武器でもない……と思うんだけど、ど、どうかな」と家人。

まあね……。しかしバッグに限らず、本来は必要と目的のそとにある、「かわいい～☆」ってのが、いつしか必要と目的そのものになっちゃうわけで。今年も物欲に勝てる気がしないです。

（二〇一四年一月二十三日）

下着売り場、芽生えた絆

下着を購入する頻度とかムードとかって、そりゃあ人それぞれだろうけど、個人的にはテンションも回数もがくんと減って、最近は定期的にまとめ買い、みたいな感じ。いよいよ何かが終わろうとしているのかもしれない。

若い頃はなぜ、あんなに下着を集めるのが楽しかったの。すごい無理してフランス製の総レース一枚九千円なんてのを買ってうっとり、なんてあったけど、それもすべて過去のことよ。いま現在、わたしが求めるものは機能性のみ。下着の購入は心躍るショッピングではなく、もはや義務。そして少々の覚悟が必要となるこれは、れっきとしたミッションなのだった。

というのも。

伊勢丹の下着売り場の試着室って、照明とか三面鏡の角度の容赦のなさによって、ふだん見ないで済んでいるものが、ぜんぶ見えてしまうのよ。

背中とか肩とか、腰の肉づきとか肌の状態のみならず、なんなら肉質（＝脂肪

&老廃物）までもがくっきり見えて、それを直視するショックというたら……。「引き返すのか、このまま堕ちるのか」を突きつけられて、無言のまま悶えることになるのだった。

しかしわれわれはひとりではない！　伊勢丹の下着売り場のみなさまは、も、まったくのプロフェッショナルで、こう、全力で型に嵌めにくるというか、すごいんである。

会ったばかりのふたり。片方なんて、ほぼ全裸。ひとつの肉に意識を集中させて「盛りあげる」ことに全力を尽くす。静かなのに、これ以上はないくらいにエモーショナルなひとときなのだ。

で、鏡越しに完成したフォルムを確認し、お互い無言で「ウム」と肯きあって任務完了。がっちり握手&抱擁したい気持ちをぐっと抑え、下着売り場をあとにする。このとき、当初の「もはや義務」は「いい買い物したわあ……」に変化していて、気づけば「まった来っるでえ♪」みたいなあんばいで、めっさウキウキしてるのである。物とおめかしの心をつなぐところに店員さんあり、なのよね。

（二〇一四年二月二十日）

これからも着込みつづけます！

最初は半年の約束で始まって、そして気がつけば丸々六年間もお世話になったこの連載も、今回で最終回を迎えることになりました。うわーん。いつもあまりに楽しいので、このままうっかり二十年でも三十年でもつづけてしまいそうだったのですが、さらなるおめかしの可能性を探るべく、いったんの区切りを頂戴することにいたしました。愛読してくださったみなさまに心から感謝を申し上げます！

これまで、おめかしについて色々と書いてきましたが、振りかえってみればそのほとんどが失敗談だったような気も……。

はりきって目のまえのキラキラしている場所に飛びこんではみるのだけれど、いつも何かにぶつかって血を流しながら半笑い、みたいなそんな印象が残ります。

おめかしの喜びとは、トライ&エラーの果てにやってくる、「つかのまの完璧なフィット感」なのかもしれません。ときどきすごく疲れるし、憂うつになるし、失敗も多くてイヤになるけど、でもそんな瞬間があるから、やめられない。それはまるで恋みたいなのだけど、素晴らしいのはそれがひとりで成立可能な恋だということで、これってまさに引力ですよね。まったく終わりがありません。おめかしに惹かれる気持ちとは、自分の意思でどうこうできるものでもないのかもしれませんね。

そうそう、これを書いている今は確定申告の真っ最中なんだけれど、泣きたいくらいの金額をおめかしに使っていることが判明してまじでがたがた震えているのに、もっと恐ろしいのは、明日着ていく服が一着だって思いつかないってことなんだよね！

じゃあクローゼットにあふれてるあれって一体何なのか……まったくわけがわからない&何かがおかしい気もするけれど、でも、それがおめかしってものだよね。いっそ震えてるのがわからないくらいに着込みつづけて今後もがんばりたいと思います！

さて、そろそろお別れです。今まで本当にありがとう。またどこかでお目にかかりたく存じます。それまでどうぞ、お元気で！

（二〇一四年三月二十日）

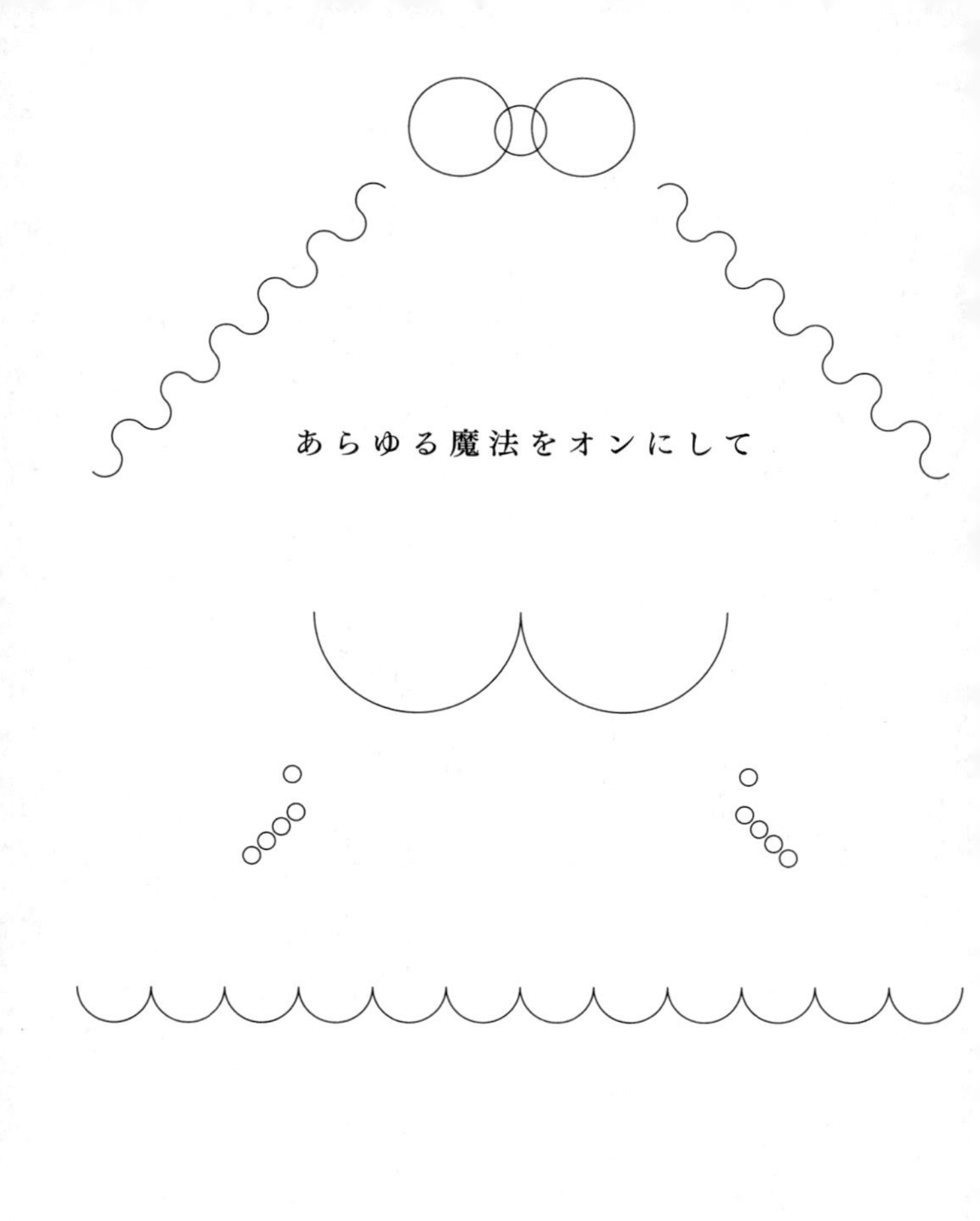

あらゆる魔法をオンにして

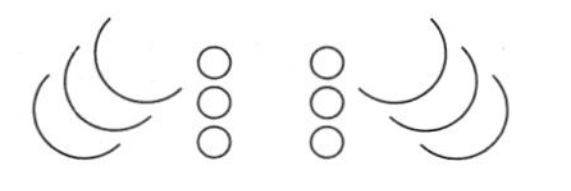

あそこに咲くのは、初めて目撃する何か

部屋を整頓するのは苦手だし、インテリアにも興味はないけれど、家のなかに花があるとそれだけで、そこがものすごく素敵な場所に思えてしまう。ちょっとした買い物や、息子の保育園の送迎のときに花屋に寄って、じっと見つめて気に入ったのがあると買って帰る。ああ、これは香水やおめかしとおんなじで、部屋にかける魔法なんだなあ、とうっとりする。

その魔法が最高潮に達するのは、たとえば文学賞などを受賞したとき。出版社や知人、友人から、連日たくさんの花が届く。狭い家に置き場所がなくなるくらいにぶわりとあふれかえって匂いが満ちて、うれしいな、と思わず声に出してしまう。お気に入りの花屋からのものだと興奮もひとしお、どれだけ見つめていても飽きることがなくって、気がつけば小一時間くらい、ぼおっと見惚(みと)れてるなんてこともある。意味もなく好きだと言えるのって、わたしにとって花くらいなのかもしれないな。

だから、アレッサンドロ・ミケーレによって生まれ変わったグッチのコレクションを初めて見たとき、ごく自然に「これは困ったな……」と呟いてしまった。どのルックを見ても、その色に、素材に、落ち着きに、そして突飛さに、わたしがふだん「花」に感じているエッセンスのようなものだけでそれらができあがってるように思えて、その瞬間に、心の底から夢中にさせられてしまったからだ。

さらに二〇一六年春夏、そしてプレフォール……みなさまご存じのとおり、どのファッション誌をめくってても今をときめくモデルたちはグッチを身につけ、素晴らしいアートディレクションが誌面で展開され、それを目にするだけでこちらの頬が熱くなるような、そんな感覚の連続だった。それはまさに——どこかで読んだグッチのための「衝撃から熱狂へ」という表現がぴったりだった。

懐かしいけれど、しかし初めて触れるような物語の世界に、花や植物、鳥、虫、そして空想の動物たち……その多様性に比べれば、ふだんわたしたちががんじがらめになっているジェンダーやおしゃれの常識めいたものがいかに窮屈なものであるか、そこからもっと自由になれる可能性がやはり想像力のうちには存在するのだと証明されるかのように、鮮やかなインパクトとして目に飛び込んでくる。

はあはあ息を吐きながらルックを次々にクリックしては、しかし心は「いやあ、困ったな……」なのである。なぜなら、そうは言ってもやっぱり花を買うようにミケーレ・グッチを買うわけにはいかず、でもミケーレ・グッチは、「どこか遠くにある手の届かない芸術」でありながら同時に「しかし本当に着たい服」として、そこに存在しているように思えてしょうがないからなのだった。

去年、仕事で訪れたスペインで、わたしは合計にしてどれくらいの時間、グッチにいただろう……。暑い夏の終わりだった。食べたもののことはおろか、「サグラダファミリア？　たぶん見ました」みたいな感じなのに、グッチのことは、ありありと思いだせてしまう。

とても広い店内の三分の一に前デザイナーであるフリーダ・ジャンニーニのものが置かれ、それを包み込むようにミケーレの鮮やかな新作が文字通り咲き乱れている。わたしは時間の許す限り試着室にこもって次から次に洋服を試し、ヒールを履き、スカーフを広げ、鏡のなかから容赦なく見つめ返してくる自分の体に冷静になりつつも、ふだんは味わえない夢のように贅沢な時間を過ごした。そして、ありがたいことに——知り合いのエディターやスタイリストとも、ときどき

「あれ、なんでなんですかね」と思わず笑ってしまうほど、やっぱりヨーロッパのブランドはヨーロッパで買うとずいぶん安く、そのことがわたしの購買意欲を「もう、ええって」と思わずつっこんでしまうほど、応援してくれるのである。着るあてもないドレスとかさあ、買っていったいどうするんだろう、と思いつつも、でも、「見てよこの繊細なレース、胸のところにさ、この得も言われぬ美しい細工のミツバチがちょこんとついちゃって……あんた、この子置いて帰れんの」なんて脳内で会話が始まって、もうどうしようもなくなるのである。そのたびにユーロと円をちゃっちゃっと換算しては、「っていうか、買わない理由ってなんなんだろう。お金のこと？　でも、お金って何？　遣うためにあるんじゃないの」みたいな感じになって、「そりゃもちろんお金は遣うためにあるんだろうけれど、そのまえに稼ぐものであり、何より限りがあるものなんだよ、日本は長寿の国なんだよ……」という、ここで働いて当然の現実的思考&経済の真理がなぜか頭のなかからぽこっと抜けおちて、素敵な夢のなかから自ら出られなくしてしまうのである。これもひとつの「世界のよい面だけを見て、生きる」ことであればいいのだけれど、どうなんだろう……。

「コンテンポラリーは反時代的である」というミケーレの、ロラン・バルトからの引用による理念の表明も大いに話題になった。この、どんなふうにでも解釈可能でありながら、しかし「現代に生きるということは、現代を乗り越えることによってのみ可能である」というゆるぎないメッセージは、抱える矛盾の大きさがそのまま強さになる。この言葉には、どんな現実を生きている人にとっても、他人事でない切実さが潜んでいる。たとえば「自分らしくあるためには、この今の自分を乗り越えること」、「安定するためには、この今の安定を壊すこと」、こんなふうに自分の日常に接続される。この豊かにして核心を突いたフレーズをミケーレが選んだことで、ファッションというものから遠くにいるのか近くにいるのか結局のところわからないわたしたちにとって、でもやっぱりあるレベルでは、ファッションとわたしたちは無関係ではないのだとあらためて感じることになった。

グッチは気軽に買えるようなものではない。多くの人々にとってハイブランドは常にステイタスそのものであり、だからこそ、それを身につけることがそのまま他人の威光を借りた自己実現になる。けれどミケーレ・グッチが真に素晴らしいのは、数あるそんな「ステイタス」ブランドのなかで、その輝きがあくまで「こちら側」にあるのだと、同時代を生きるわたしたちに思わせるところだと思う。そう、ミケーレ・グッチは自分がやがて達成すべき何かでもなければ、自分が認めてもらう何かでもない。今、この瞬間に生みだされ、咲き始める何かなのだ。もちろん実際に買って着ることができたなら最高にうれしいけれど、でも極端な話――買おうが買うまいが、ミケーレ・グッチの表現と挑戦は、わたしたちが初めて目撃する、わたしたちの時代の、何かなのだ。もちろんグッチには当然のことながら他のハイブランドとおなじく莫大な資本が投下され運営されており、あらゆる意味でエスタブリッシュメントと共存する宿命にある。けれど、その恵まれた制約のなかから、かつてそこにはなかったもの、あり得なかっただろうものを、運動する理念とともに差しだそうとする。そしてそのことが、ファッションのことなんてなんにも知らない一消費者のわたしにまで、真剣に伝わってくるのだ。

花を買うようにとはいかないけれど、ワンシーズンにひとつは大切な気持ちで買おうと思う。世界のどこかにあるだけでいいのだけれど、部屋に花の匂いが満ちるように着ることで立ちあがる何かもきっとある。しかもミケーレ・グッチは現代に咲く、枯れない花だ。圧倒的な矛盾を抱えた、これは素晴らしいことじゃないだろうか。

(「madame FIGARO japon」二〇一六年七月号)

笑顔についての二、三の事情

「笑顔でいると、ぐんぐん幸運が寄ってくる！」とか「笑顔で、みんなから愛される人間になって人生を変えよう！」とかいう話をわりに最近よく聞くけれど、わたしはこの手の話が本当に好きじゃないな、といつも思う。

もちろん笑顔は、それを見た人をうれしい気持ちにさせるし、そこには何にも代えがたい喜びめいたものがある。それは真実だと思うし、誰もが笑顔でいられたら素晴らしいとも思う。でも、だったら「笑顔は、いいよね」でいいじゃないの。人間関係とか、お金とか、キャリアとか、そういう世知辛い価値観一般でがんじがらめになっているわれわれを、そこからふっと自由にしてくれるのが笑顔の素晴らしいところであるはずなのに、なんでこう、現世御利益的に話を持っていかないと気が済まないのか、損得勘定に落とし込まないとどうにもならないのか、こういうのを見るたび読むたびに、「さもしいわ……」と悪態をつきたくなる。

そう、本当の意味でありのままでいられる赤ん坊ならいざ知らず、やっとのことで生きているわれわれが毎日のすべてを笑って過ごすことなんてそんなのは無理な相談で、だからこそたまに出る自然な笑顔に、ささやかな意味が宿るのである（あるいは、あらゆる意味から解放される瞬間を作りだすのが笑顔、ともいえる）。それを「幸せになるために笑顔でいよう」とか「運を引き寄せるための笑顔作りをがんばろう」とか本末転倒というか、本当にばかばかしいと思う。

取材などで初めて会い、そしてしばらくあれこれと話した帰りぎわに相手から「わたし、もっと気むずかしい方なのかと思ってました」と言われることが本当に多い。「なんでですか」と質問したら「笑ってる写真があまりなくて、いつもキッとしてる感じのものが多いから」ということらしい。最近はみんな事前に検索をしていらっしゃるから、そこからさまざまな印象を受けるみたい。自分の画像検索なんてしないからわからないけど、そういえば笑った写真は少ないのかもしれない。でも、そんなの当然だよなとも思う。だって、取材などで撮影があるときにいつも沈んだ気持ちになるのは「笑ってください」「もう少し笑顔で」みたいに、必ずといっていいほど指示されることなのだから。

小説についての取材で、なぜ楽しくもないのにカメラに向かって笑わなければならないのか。作った笑顔を要求されて、なぜそれに応えなければならないのか。これがいつも、本当に苦しいのである。とはいえ、「楽しくないので笑えません」「笑う必要を感じません」なんて本当のことを言ったらその場の雰囲気が激烈最悪になるのは目に見えていて、べつにカメラマンだって多くの場合は「写真は笑顔のほうがいい」というような習慣でそう言っているだけなのであり、そこには意図というほどのものはないのだ（一度だけ、ずっと笑わないでいたら「笑顔は、あなたのためになるんですよ」と言われたことがあるけど、まあ似たようなものだ）。結果、いつもなんだかよくわからない曖昧な表情で写真に収まることになる。

笑わない人といえば、ヴィクトリア・ベッカムである。とくに興味のある人ではないのだけれど、彼女の動向は話題になるので、ファッション関連のページを見ていると定期的に彼女の情報に触れることになる。さっきも書いたようにわたしは人が笑わないのは普通のことだと思っているので、ヴィクトリアが笑わない人として有名だということに、つい最近まで気がつかなかった。十数センチは優にありそうなハイヒールに赤ん坊を抱いたヴィクトリア、夫とたくさんの子どもと一緒に並んでショーを見ているヴィクトリア、自分のプロデュースした洋服について語るヴィクトリア、七十三個の質問に答えていくヴィクトリア……あらためてチェックすると、どの写真もどの映像も、見事なまで真顔である。

そのことに気がついたのは、じつは彼女がどんなときも手放さなかったハイヒールをあきらめてフラットシューズに転向した、という記事を読んだのがきっかけだった。

出産後も育児中もどんなことがあってもハイヒールを履きこなしている姿は、もちろん自分自身に課せられたイメージへの徹底性の発露なのだけど、しかし同時にそれは当然のことながらコンプレックスそのものでもあったのだろう。彼女にとってハイヒールが担っていたものが具体的に何だったのかはわからないけれど（身長？　足の長さ？　それともハイヒールを履く、という行為そのもの？）、しかし苦行僧のような顔をして、いつどんなときでもハイヒールを履いていた彼女が、「もう無理になったのよ」という言葉とともに、白いスニーカーを履いていつもより小さく見えたとき、わたしは静かに感動したのだった。

たかが靴だと思うかもしれない。スニーカーもいいじゃん、と思うかもしれない。でも、おそらく徹底した完璧主義者のビジネスマンであり、アーティストである彼女が、数年前なら想像もしなかった自分にたどり着き、それを受け入れてつぎの自分へ移動した、ということにわたしはわりに真剣に胸を打たれたのだった。

「どうして笑わないのか」という質問が、ヴィクトリアは嫌いだと言う。それでも「ファッション業界に責任を感じてもいるのよ」「にやにやしてるとばかみたいでしょう」と回答したりもしているけれど、本当の理由はわからない。ただ、若い頃や家族のまえでなら当然のように笑ってみせる彼女が公の場で笑顔を見せると、とたんに世界中で「口元が下品」だの「ボトックスの打ち過ぎで引きつって見える」だの「笑わなくて正解」だのといった悪口がいっせいに囁かれるのだ。

こんなの、誰だって笑う気持ちになんかなれやしない。もともと少しでも自分の笑顔に好きになれない要素があるのなら、なおさらだ。なぜ、世間のために笑って、そして世間から笑われなければならないのだ。もちろん、彼女の言う「ファッション業界に感じている責任」や、イメージ戦略といったほかの理由もあるだろうとは思う。けれど彼女は、あるときから、ハイヒールとおそらくはおなじ理由で、笑うことを止めたのではないだろうか。そう、ヴィクトリアがスニーカーを履くということは、ほかの人がスニーカーを履く、ということとは、やはりどこまでも違うことなのだ。笑顔もしかり。

「笑顔は万人を幸せにする」「笑顔は幸運を引き寄せる」……見渡せば、笑顔についての言説は、こんなのばっかり。しかし笑顔をめぐる物語や背景は、そんな単純なものではない。当然のことながら、世の中には笑いたくない人だっているし、笑えない人もいるし、受け入れられることのない笑顔だってあるし、人を苦しめる笑顔だってあるのだ。ある人にとっては、ただ笑った顔を人に見せる、ということが乗り越えるべき重要な何かである場合だって、十分に考えられるのだから。

「人は変わってゆく生き物である」ということを頭では理解していても、それを実践するのは難しい。一歩を踏み出すときはいつも、おそれとともにある。人から見たらたいしたことじゃないかもしれない。ヒールだの笑顔だの、金持ちの自意識過剰に過ぎないあれこれに意味なんて見いだせない、と思うかもしれない。でも、傷ついたり、何かにたまらなく不安を覚えたり、強く求めたり、そしてそれらと向き合う姿というのは、それがどんな人に起こることであれ、われわれひとりひとりがよく知っているものなのである。スニーカーを履いたヴィクトリアが公の場でいつか満面の笑みを見せるときがきたらどうしよう。もちろん感動するんだろうけれど、またとてつもなく厳しいつぎのドアが開くような、そんな気もする。

（「madame FIGARO japon」二〇一六年八月号）

お互いを見つめるしかない瞬間が

ビョーク、という名前を聞いてまず頭に思い浮かべるのは、何だろう？

シュガーキューブス解散後、ソロデビューした当時の黒髪のセミロングヘアに、鳶色の瞳。叫び声と唸り声が渦巻くような、誰にも似ていない歌唱。そういったものがいっせいにやってきますよね。わたしが最初にビョークを知ったのは高校二年生のとき、音楽好きの友人がくれたＭＤで、だった。

美術を専門に学ぶ学校で、幸いなことにモテも流行も関係なく（隣の女子校ではルーズソックスが主流）、とにかく変わった格好をしていかに目立つか、そして同級生が知らないものを——それが文学でもファッションでも映画でも何でも発掘&キャッチして、それをどこまで楽しむことができるかがその自意識の大半を支えていた、面倒臭くも楽しい年頃のこと。シンプルなロックばっかりを聴いていたわたしが驚かされたのはサウンドよりもまず声。最初のアルバムが録音されたそのＭＤをくりかえし聴いて、そして卒業後に初めて購入したのである。

そこで初めて、『デビュー』のジャケットを手にとって驚いた。ごく控えめに言って、今まで見たことのないような顔だちの、どこの国の人かもわからない女性が目の下に小さく輝く石をくっつけて、うっすらとした笑顔を浮かべてこちらをじっと見ている。獰猛（どうもう）で、今すぐに動きだしそうで、「魅力的」とか「存在感」という言葉がその瞬間は薄っぺらに感じられてしまうほど、目を逸らせないような顔をした女性の顔がそこにあったのだ。

それから、ほかのみんなと同じように――しばらくのあいだ、わたしにとってもビョークは汲（く）めども尽きぬ泉のような面白さを持ったシンガーになった。音楽性やMVやアートワークももちろんだけれど、いつも楽しみにしていたのはそのファッション。

真のファッション・ラディカルである彼女はいつも、想像すらできないようなコンセプトと洋服を身につけて、現在だけでなく、過去からもやってくる。なにしろビョークの写真はネットに膨大にストックされていて、海外の雑誌やメディアに登場した姿をいつだって見ることができるのだ（今では仕様がすっかり変わってしまったけれど、十年くらい前の彼女のサイトでは過去のアーティスト写真をはじめ、主要な雑誌でのフォトセッションのアーカイヴを、ひとつの場所で閲覧することができた。今も見られるのかしら？）。

何歳の、どんな服を着ているビョークも——それがどんなに作り込まれた頭でっかちな写真やMVであれ、どうしたって独特の生命力が湧きでるようにあふれでて、見ているだけで気分が高揚する。赤いワンピースにリーボックのポンプフューリー。モヘアのセーター。九〇年代後半から二〇〇〇年代にかけてストリートを席巻したアイテムの起用はもちろん、気鋭のデザイナーたちとどんどん作品を作りあげていった。二枚目のアルバム『ポスト』で着た紙製の、襟がエアメールの模様で縁取られた白いジャケットは、故郷の友人や家族への手紙というコンセプトでフセイン・チャラヤンが作ったもの。チャラヤンはもちろん、三枚目のアルバム『ホモジェニック』のエキゾチックなドレスを手がけたアレキサンダー・マックイーンの名前を知ったのも、ビョークのアートワークがきっかけだった。七枚目のアルバム『バイオフィリア』のスチールのヘア、そして頭部がまるで幻想的でハードなたんぽぽのようにふわりとした球体で包まれたイリス・ヴァン・ヘルペンのコスチューム、フジロックではバルーン・アーティストである細貝里枝氏による風船で作られた「ＤＮＡドレス」、アテネオリンピックでの波のようなドレスはソフィア・ココサラキ、そして最近ではロンドンの新鋭、モリー・ゴダードによるガーリーでロマンティックなデザイン（過去二回のコレクションでは、ゴダードの服を着たモデルたちが年配男性のヌードをデッサンしたり、ひたすらサンドイッチを作るという演出）が気に入っているらしく、ビョークが身につけて発信しなければ、一般には発見することも難しいデザイナーとの出会いと驚きをくれる。

でも、彼女のファッションでもっとも有名なのは——レッドカーペットのうえで卵のオブジェを産み落とすというパフォーマンスも含め、なんといってもマラヤン・ペジョスキーによる「白鳥ドレス」だろう。ビョーク・ファンにとっては逆に「白鳥かわいいやん」「ドレッシーできれいやん」「白くて可憐やん」ぐらいに受け止められたはずのこのドレスは、しかしアカデミーでは酷評されてその後はパロディにもされ（一部で評価されもしたが）、ビョークも釈明に近いインタビューを受けてこのドレスを選んだ意図について話さざるを得なかったようだ。

当時、正確にはドレスというより「全身タイツ」であるこの白鳥の衣装とそれを選んだビョークが、アメリカのファッションのうるさがたたちに「たぶん今までいちばん間抜け」とか「(トイレでのビョークのふるまいを見て)この子を難民保護施設につれていくべきだと思った」とか好きに言われているのを知って、なんというか、「世界における平等性」みたいなものがある意味でしっかりと機能しているということに、少し感心したのを覚えている。つまり、そのときのわたしはビョークの美意識を心から素晴らしいと確信していたのだけれど、しかしそれを共にしない人たちがいる、平気で唾棄する人たちがいる、という当然のことに、少なからず安心したのだと思う。どんなに圧倒的な表現者であれ、必ずやアウェーが存在するという世界の真理。複雑な気持ちながらも、やはりどこか、ほっとしたのだ。

ファッションに関するビョークの発言で印象に残っているのは、「わたしは絶対にジーンズとTシャツを着ない」というもので、理由は「アメリカ白人の帝国主義のシンボルで、コカ・コーラを飲むようなもの」だから。そう言われてみればもうそのようにしか思えないのもあれだけれど、それだけでなく、「できるだけ無名のデザイナーの服を着るようにしている」という発言も頼もしい。そして、提供を受けるのではなく、彼らには必ずお金を払うようにしているのだと。なぜなら、「わたしにはお金があるから」。彼女にとってファッションが何かしらの権力やステイタスと結びつくようなことがあってはならず、その表現同様、つねにオルタナティヴであることが、そのまま動機なのである。

わたしたちは、いわゆるハイブランドの洋服を着ているビョークを見たことがない。スパンコールが一面についたネットを顔にかけて黒ずくめでDJをする彼女を見ることはあっても、シャネルのスーツに身を包んでパールを何重にも巻いている彼女を見ることはない。妖怪みたいな「俵」と一体になってでんぐりがえりをしながら川を下ってゆくビョークを見ることはあっても、エルメスのパンツをはいてバーキンを腕にかける彼女を見ることはない。でも、想像もできない、あり得ないような「出会い」によって、人と物、それぞれの意味がその瞬間に変革して、あらたなイメージを生みだし、そしてその更新を記録することがもしファッションにおける可能性のひとつであるのだとしたら、わたしはいつかぜひビョークとハイブランドのセッションを見てみたいな、とそんなことを思ってしまう。表層的にはいくらでも乖離が見てとれるだろうけれど、しかしたとえばココ・シャネルとビョークの理念と情熱にはきっと——目が合いさえすれば最後、お互いを見つめるしかないような瞬間に満ちていると思うから。

（「madame FIGARO japon」二〇一六年九月号）

あのときの、あの体で、夢をみること

「子どもが小さなうちは、自分が何を着てるのかなんかわからんねんから、首回りがだるだるになったタンクトップで、なんなら頭は丸刈りでいい。ラクやし」と、真剣に考えていたのだ。

しかし、どうだろう。じっさいに生まれてみると、目に映るすべての赤ん坊の洋服が可愛らしくてたまらない。それが何と呼ばれる衣類なのかわからないうちから（肌着、ロンパース、おくるみ、アフガン、色々あります）、見ているだけで胸の奥がじわっと温かくなって、ため息が漏れる。まず素材。それから模様。そしてかたち……生まれたのが初夏だったこともあり、さすがに新生児の頃は赤ちゃん用品専門店で買いそろえた肌着をメインに着せていたけれど、二カ月を過ぎる頃、わたしはまんまと赤ちゃん服の虜になっていた。そしてそれはごく自然のなりゆきで子ども服へと移行し、息子が四歳になった現在も続いている。

しかし、いいなと思うものは高いのだ。これは大人でも赤ん坊でもおんなじで、なんなら使われている布の分量を思うと（そしてそれを着ることのできる限られた時間を思うと）、赤ん坊や子ども服の高さのほうが、こう、身と財布に迫ってくるものがある。はっきり言って、無駄じゃないのだろうか……そう思いながら最初は距離をとって眺めているのだけれど、ダメですね。洋服が素敵ならディスプレイも最高で、おまけにこの世界の善きものだけを煮詰めたような、本当にしあわせな香りが漂っているのだ……するすると引き寄せられて、気がつけば、あれもこれも買っているのだった。

夢中になった洋服はいくつかあるけれど、いちばんだったのは、ボンポワン。ちょこんとしたサクランボのマークが目印のボンポワンは、一九七五年、マリー＝フランスとベルナール・コーエン夫妻によって作られた、フランスの老舗高級子ども服ブランド。これがもう、可愛い。何から何までが、本当に可愛らしい。わたしはフランスにとくべつな思い入れも憧れもないけれど、「やっぱり、服はフランスやな」と胸の底からため息をついて独りごちてしまいそうになるくらい、それはもう素晴らしい洋服の数々なのである。

そして当然のことながら、子ども服にしては、かなり高い。

産んでしばらくはなんだか頭がおかしくなっていたので値段も見ずに買っていたせいで、赤ん坊の洋服の詳しいことは覚えていないけれど、たとえば半年〜一歳の子どものブラウスが一万数千円。ズボンやセーターや靴などはものによるけど、一万円から数万円。いいな、と思うものを数点買うと、あっというまに十万円を超えてしまう。恐ろしい。小さな小さな靴下が一足四千円弱、といえばわかりやすいだろうか。ヨーロッパの王室をはじめ、マドンナ、モニカ・ベルッチ、ニコール・キッドマン、アンジェリーナ・ジョリー、グウィネス・パルトロウなどの多くのセレブが愛用しているとのことだけれど、「……わたしですら、ひいひい言いながらもこの購買意欲をどうすることもできひんのに、あなたがたの金銭感覚だったら、そら、毎日でも買いますやろ、なんなら店ごと……」と思わず遠い目をしてしまうほど、ボンポワンの洋服は、素材、デザイン、着心地（着せ心地）が、もうどこまでも突き抜けて、とにかく素晴らしいとしかいいようがないのだ。

とくに、やっぱり女の子の服にはたまらないものがある。世界に花柄の子ども服は無数にあれど、ボンポワンの花柄には「花柄のイデア」としかいいようがないエッセンスが静かに炸裂していて、夢見心地とはこのことであったかというくらい、手にとって見つめているだけで、なんとも言えない感情が湧きあがってくる。わたしの場合は息子だったので花柄のワンピースなどを買うことはなかったけれど（それでもたまらないときは姪っ子たちにプレゼントした）、しかし、自分が着るわけでもない洋服へのこの情熱はいったいどこから来るのだろうと、我ながらふと不安になることもないではなかった。

物は物でも、たとえばインテリアに凝るのとは明らかに違う。そして自分の洋服を買うのとも、似ているけれど確実に異なる欲求に支えられている。これは、何なのだろう。この問いはうっかりすると「物欲とは何か」「所有欲とは何か」という、二十年以上かけても答えが出そうにない底なし沼にはまって面倒なことになるのでできるだけ無邪気に通りすぎたいけれど、しかし「自分の子どもにこれを着させたい」という欲求とは違うものが発動しているようにも感じられるのだ。同時に、「高級服を着させている」という見栄とも、わたしの場合は――自覚できる範囲ではあるけれど、関係がない。まったくおなじものがノーブランドで安価で手に入るなら、喜んでそちらを購入するだろう（もちろん、この仮定にはほとんど意味がないけれど)。

つまり、子どもの服というのは、やはりどこまでも「親が着ている」ものなのだ。子育てには色んな要素があるけれど、やってみると「追体験」の要素がとても大きい。意識的に無意識的に、我々は日常の多くの場面で子どもの体験を通じて「あの時間」の「生き直し」をしているのだ。現実には決して戻ることのできない赤ん坊の体、子どもの体をふたたび得て、当時は認識できなかった「子どもの自分」を、外側から観察し、愛でる行為にほかならない。どこまでいっても自己愛から逃れられないのがうんざり&恐ろしい&情けないところではあるけれども、それはまあ、人間はそんなものなので仕方がない。

だから、おなじようにデザインされた、大人の体のための、大人の大きさのボンポワンの服を手にとってそれを着てみたとしても——少なくとも、子ども服のボンポワンを着ている子どもを見るときにこみあげる、あの何か大切なことを思いだしそうな多幸感や、喜びや、切ないようなうれしさ以上のものが訪れることはない。二度とは戻れない、しかしかつてはそれを生きていた「子どもの体」で、二度とは帰ってこない時間を、追体験すること。それこそが、子ども服を手にとり、それらを子どもに着させる欲求の要なのではないだろうかと、そんなことを考える。それに加えて、ボンポワンが作りだす世界観は、まるで現実とはかけ離れたファンタジーそのものである（パリ本店のボンポワンの徹底ぶりには驚いた）「あり得ないような洋服を着た、あり得ないような子どもの体」を現在に作りだす。その喜びが、自分にとってとくべつだと思える洋服を子どもに着させる動機のひとつなのではないだろうか。

そんなわけでわたしは今もせっせとボンポワンをチェックしているのだけれど、しかし四歳男児のデザインになると、三歳くらいまでの男女共通の中性的なふわりとしたブラウスやズボンからすっかり少年的なラインになり、しかし女の子のワンピースを着させるわけにもいかないしなあ……これがもし娘だったら、親子共々着倒れは必至だったたと思う。というわけで、「子どもにいいものを着させても、子どもにとってはしょうがない」というのはある意味で真実なのだけれど、これらは紛れもなく「親の買い物」。である以上、ファッションが基本的に「しょうがない」のは、今さら百も承知というわけだ。

ボンポワンの洋服でいちばん好きなものを挙げよと言われたら、迷わずブラウス。小さくて、素晴らしくバランスのとれた襟。そして真面目なボタン。二番目は靴下。二年間、毎日のように履いても丈夫でほころびひとつできなかった。赤ん坊だった息子の足の記憶と、それを毎日くるんでいたボンポワンの靴下は、柔らかく繋がっているような気がする。

（「madame FIGARO japon」二〇一六年十月号）

ティファニーは女ともだち

生きていれば、何にでも「初めて」というものがある。

おそらくそのほとんどを覚えていることはできないけれど、たとえば購入、にかんしてならどうだろう。初めて買った本、ＣＤ、バッグ、靴、下着、コート。物の順序としては買ってもらうほうが先なのだろうけれど、自力で購入したものには、やっぱりとくべつな感覚がある。もちろん物の価値は値段だけで決まるものじゃないから、ちょっとした雑貨や文庫本などにもかけがえのない思い出が宿っているものだけど、しかし大人になってから、いわゆる「清水買い」といわれる覚悟で買ったものになると、それらとは少し違う位相の達成感のようなものがあるのも事実だ。記憶もわりに生々しいし、振り返ってみると、「ああ、あれがファッションにお金を使いまくるようになる、最初の一歩だったたんだなあ……」と、なんだか懐かしいような気がしたり。

服も靴もバッグもいいけれど、今、「最初の一歩」ということでぱっと頭に浮かぶのは、ティファニーのネックレスだ。

あれは今から十年くらい前のこと。

わたしには実家がとても裕福な親友がいる。たとえば二十五歳の誕生日に「ちゃんとしたのをつけなさい」とかいってカルティエのタンク・フランセーズを与えてもらったり、新年になるとエルメスで財布を買ってもらったり、海外に行くとそんなに欲しくないけれど、「まあ、あってもいいかな」という感じでシャネルやヴィトンの靴を買ってきたり（もちろん親の支払い）、娘の健康を気遣って「お願い。禁煙したらマンション買ってあげるから」と懇願されたりするような感じ。その彼女がある日、新しいネックレスをつけていた。それは、ダイヤがちりばめられた、大ぶりの、特徴的な「りぼん」のモチーフ・ネックレスだった。

わたしはかねてから「りぼん」が好きで、若い頃、もし自分が女の子を産むようなことがあれば「りぼん」っていう名前はけっこうありなんじゃないか、と真剣に思うほど、りぼんの何もかもが好きだった（名前にかんしては、すぐに正気に戻った）。りぼんのかたちにも色々あるけれど、「これだ」というデザインに出会うことって滅多にない。どこにでもあるモチーフだからこそ、なにしろ玉石混（ぎょくせきこん）

淆甚だしい。わたしは上部に輪っかがふたつあって、そして下部に切りっぱなしのりぼんがあしらわれているタイプが好きで、しかしこれもまたありふれたデザインだからこそ、「いいりぼん」と「そうでないりぼん」というのがはっきりわかってしまうのだ。高いからといってそれが理想のりぼんであるとは限らない。思わずひれ伏したくなるような値段のついたハイ・ジュエリーブランドでも、「これ以上はないくらい、ダサいりぼん」というのが存在するから剣呑だ。

買うか買わないかはべつにして、わたしはいつも「りぼん」のジュエリーを探していた。ずっとつけられて、しっかりして、何よりデザインの素晴らしいりぼん。でも、そんなのってなかなかない。諦めていたところに、まるで蘇我氏のような豪快な実家を持つ親友のデコルテに、今まで決して見たことのない、凡百のりぼんとは一見して何もかもが違うと了解して、思わず「りぼんのイデア……！」と叫んでしまうほど、完璧なりぼんが輝いていたのだった。

「そ、それどこの」

「あ、えっと、ティファニーだった、かな」

また親に買ってもらったのだろうと聞くと、もちろんそうで、理由はなんだったか忘れたけれど、たぶん買い物ついでか何かにちょっと、みたいな感じだったような気がする。

「それ、すっごい高い？」

わたしは単刀直入に聞いてみた。ティファニーの商品は値段に開きがあるし、ちゃんとしたジュエリーを買ったこともないわたしには想像もつかなかったのだ。ごくりと生唾を呑みこむわたしに「四十万円くらい？」と親友は答えた。

四十万……大金であることは間違いないけれど、このりぼんにかんしては、考えれば考えるほど高いのかどうかが正直わからなくなっていった。買うべきなのか、そうじゃないのか……わたしはうろうろと考えた。やっぱり値段というのは相対的なものであって、その品物のジャンルが自分にとってどれくらいのプライオリティの高さにあるかで変わってくる。たとえばコートに四十万は出せても指輪には出せない、とか。バッグに出せてもスーツには出せない、とか。わたしの場合、りぼんのネックレス、となると、そのへんがなぜだかよくわからなくなってしまうのだった（逆の人もいるでしょう）。

とはいえ、それ以降、ティファニーがあると、そのネックレスがあるかどうかをチェックしてはいたのだけれど、しかしこれが、ない。人気商品なのか、そうでないからなのかはわからないけれど、いつ立ち寄っても、ない。取り寄せることもできたろうけれど、なんか、そういうのでもないのよね。「あったら買う」というようなものでもないのに、「購入の仕方＝出会い」にも、なぜかその物それぞれのニュアンスという不思議なものが存在するんですよね。

ネックレスのことを、なんとなくふわふわと忘れはじめたある日。ふらりとティファニーに入ってみると、件（くだん）のネックレスが。そのころはモチベーションも少しだけ下がっていたにもかかわらず、気がつくと「これください」なんて言ってる自分がいるのだった。

結果的に、それは、わたしが自分で買った初めてのジュエリーになった。

悩みながら、そしてそんなに熱く追い求めたわけじゃなかったけれど、でもその出会いの感じはじわじわとわたしとネックレスの関係を醸造していった。これまで「鉄と自分は熱いうちに打て」を信条として生きてきたわたしにとって、印象的な「初めての買い物」だった。おなじ清水の舞台から飛びおりるにしても、これまでのように目をつむって一直線に落下していくのではなくて、ふわふわと、スローモーションになって空気を孕み、まわりの景色がよく見える、骨折もなく着地できた、みたいな、それはそんな買い物だった。

そんなわけで、それから十年。

最初の「スローモーション・清水」の心の余裕もすっかり忘れて、つねに目の前の値札についた金額を残りの人生の日数で日割り計算しながら買い物ばかりしている人生に突入して久しいけれど、家にある物のなかで、そのりぼんのネックレスは、やっぱり少しだけ雰囲気がちがうような気がしている。

わたしには、どこか「物は、女ともだち」というような感覚がある。全員がベストじゃないけれど、でも縁があってやってきたもの。なかでもそのりぼんネックレスは、おなじ年頃で、冷静沈着、客観的にたたずんで、じっと見守ってくれているような、そんな性格をしているんじゃないかと思うことがある。単なる擬人化にすぎないんだけれど、でもわたしの身のまわりにある物は、しんどいとき、つらいとき、楽しかったとき――人生の色々な局面で、そのときどきに身につけ、そばにあったものばかりなのだ。物が溜まるのもしょうがないね。

（「madame FIGARO japon」二〇一六年十一月号）

着なくても最高のあなたは

エディ・スリマン。もう説明が必要ないくらいの人物だけれど、わたしはほんの六年くらい前まで、彼の仕事のことをよく知らなかった。

もちろん名前は知っていたし、ファッション関連のニュースでその動向に触れる機会は多いし、「彼が天才であることは、世界の事実である」というような雰囲気だって——ファッション雑誌を好んで読むだけの人たちのあいだでも、ばっちり共有されていた。エディ・スリマンの仕事を知らなかったのは、もちろん彼が長くメンズのデザイナーであったからで、単なるファッションの一消費者であるわたしは、基本的に男性の洋服に興味がない。だから当然といえば当然なのだった。

しかし、わたしが再婚した相手がたまたまエディ・スリマンの洋服が大好きな人だった。古着をたまに買うことはあるけれど、基本的にはエディ・スリマンの服しか着ない、買わない、という徹底ぶり。なんでそんなことになったのかと一度聞いたことがあるのだけれど、話が長くてよくわからなかった。とにかくエディ信奉者であることだけは間違いなく、毎シーズン本来なら関わるはずのないメンズの新作を目にすることになり、わたしの生活にも間接的にエディの服が存在することになってしまった。

ディオール・オムからサンローランへ移籍し、メンズのファーストコレクションが店頭に並んだときには、興味本位で買い物についていった。ずらりと並んだ洋服はロックテイストで、でも、ひとめでそれらがこのうえなくラグジュアリーな品々であるということがわかる。店員はみんな、ものすごく細くて長身で、頭が小さく、日本人離れしたモデルのような人たちばかり。

エディが、新しい「サンローラン」を打ち出すにあたり、親会社のケリングに出した要求は——これがハイブランドひいては当時のイヴ・サンローランにとってどれだけ挑戦的で革新的な提案だったのかはわからないけれど、バイカージャケット、ミニドレス、黒のアンクルブーツなどを取り入れるということだったらしい。

ファッションデザイナーになるための正規の教育を受けておらず、フォトグラファーであり、無名の若いロック・ミュージシャンたちを大切にし、そして写真を撮られるときは、なぜか、いつもおなじポーズ……そんなことを細々と知るにつれ、「彼の作る女性の服って、いったいどんな感じなのやろう……」と少しずつ興味が湧いてきた。雑誌やネットで見る限りでは、やはりロックでグランジで、エディがケリングに提案したアイテムを中心に、完全にメンズと響き合ったデザインのものばかりだった。ふだんはレースやフリルに目がないわたしだけれど、しかし黒を着るならいっそ、こういう感じもいいのではないか、ありなのではないか……などと思って、店舗へ出かけていったのだった。

洗練されたインテリアは、清潔で、温度がなくて、そして無駄なものがいっさいなかった。そんなしんとした空間に、冷静沈着な佇まいで洋服たちが吊されている。そして、洋服がいっさい笑っていないのだ。

もちろん洋服は物なので泣いたり笑ったりすることはないのだけれど、しかし洋服とは不思議なもので、やはり多くのブランドの洋服には、こう、人が何かしらの感情を寄せることが可能な柔軟さというか、反映させる余地みたいなものが備わっているものなのだ。そしてそれはだいたいにおいてポジティブで多くの人が安心できる物語を起動させる。けれど、サンローランの服にはそれがいっさいなかった。

そこに漲っていたものの本質を苦し紛れに言葉にするとしたら、いったい何になるのだろう。

孤高？　ストイック？　排他主義？　どれも当てはまるけれど、しかしどれも的外れな気がする。その日、店内を歩いて洋服たちを見てまわったわたしは、少し離れたところから見つめるだけで、手に触れることもできなかった。試着なんてとんでもない。わたしは、エディ・スリマンの作った洋服たちから、明確に、しっかりと、拒否されているような、そんな感覚を味わったのだ。

もちろん、エディ・スリマンの作る服はメンズであれレディースであれ、ものすごくタイトで文字通りストイックなラインばかりで、ひらたく言えば何もかもが細いので着てみることさえ難しいのは簡単にわかる。でも、サイズ感が小さいブランドはほかにも無数にある。そしてその店の洋服を前にしても「縁がないよね」と思うだけで、サンローランの洋服を前にしたときのような、緊張も、何かを宣告されるような決定的な空気も生まれない。そう、エディの洋服の前に立つと――これはあくまでわたしが個人的に受け取った、わたしの人生に即した印象に過ぎないけれど、「子どもを産み、育てることに生きがいをみるような凡庸な価値観を持ち、そして体についた肉の分量を気にし、愚痴り、精神にも肉体にもだらしない贅肉のついた人間に用はない、ここには来てくれるな」と言われているような、そんな気持ちになるのだった。しかも、一瞬たりとも目を合わせずに。そしてそれは言うまでもなく——実際の体に、実際の贅肉がついているかついていないかがその問題のすべてではないのだ。つまりその精神性は、エディが世間のさまざまな懸念を配慮し、少々肉付きのよいモデルをショーに起用してみたりすることとは関係がない、ということだ。

それでわたしは、エディの作るサンローランがとても好きになった。買わないし、着ない。でも、ファッションに限らず、それがそこにあるだけで、今もどこかでそれが生まれているのだと思うだけで、自分のなかの大事な部分の目盛りが数ミリあがるような、そんな表現や、表現者というものが存在する。

お店で、ネットで、いつも遠くから眺めてみるだけだけど、そこにはたしかに、ある芸術家の理念と矜持(きょうじ)が容赦なくある「かたち」となって、そしてそれを手に入れようと思えばそうすることのできるシステムのうえに——おいそれとは手出しできない値段をつけて、すべての人に向けて展示されているのだった。

わたしとエディのサンローランとの出会いはこんな感じで、それがすべてなのだけど、数年前パリに行ったとき、トレンチコートを購入した。ろくに試着もせずに、あなたのサイズはこれね、と店員に言われるがまま日本に持って帰った。着てみると、本当に寸分の狂いなくぴったりで、これまで着たどんなコートとも違う、思わず笑ってしまうほどの厳しさがあった。

苦しくて着られない、腕があげられない、の数秒手前のストイックさに張り詰めていた。二度だけ着て、そしてそれから着ていない。クロゼットにあるだけで、それはもう十分なのだという気持ちがどこかする、わたしにとって、それはやはり作品なのだ。

サンローランを去ったあと、次に彼はどこでどんな服を作るんだろう。それとも作らないのだろうか。訴訟も含めた今後の動向を世界中の愛好家たちが見守るなか、彼はインタビューで「プライバシーは現代に残された最後のラグジュアリーだろ」と答えていた。またいつか、遠くから眺められる日を楽しみにしている。


（「madame FIGARO japon」二〇一六年十二月号）

あこがれ、着物

着物である。最近、なんだか着物が気になるのである。

もちろん、ファッション誌などを見ていて、着物を紹介するページに出会ったり、街で着物姿の女性を見かけると、そのたびに「いいなあ」と思ってきた。定期的にやってくるんだろうけれど、わたしが二十代の後半だった十年ほどまえにも、たしか一大着物ブーム、みたいなのがあった。あの頃から若い女の子向けの着物雑誌もたくさん刊行されるようになって、着物にも色んなものと着こなしがあるんだなあ、と興味を持ったのを覚えている。

とはいえ、思い返せば、わたしにも日常的に着物を着ていた時期があったのだ。十代の終わり頃から数年間、クラブで働いていたことがある。いわゆる会員制の高級クラブで、従業員はみんな、毎日出勤するまえに美容室へ行って髪をセットし、ドレスか着物を着なければならなかった。女性が三十人くらいいるような大きな店で、じつに色々な女の人がいた。月に一度、全員が新しいドレスか着物を着てミーティングで披露しなければならず、なかにはシャネルしか着ないという、今思うと信じられないような人もいた（高いんだろうな、とは思っていたけれど、当時は実感がないのでわからなかった）。

若い従業員は、もちろん最初は高級な服を用意することができないのだけれど、それでも一生懸命に働いて、そこそこ見込みがあるなと判断されると、大ママ（オーナーです。おおまま、と呼びます）やママたち（大ママのつぎに偉い人たちです）が買い物に連れていってくれて洋服をプレゼントしてくれるようになったり、「いい服」にステップアップしていくというような流れがあった。なにしろ彼女たちの仕事は自分の下につく女の子たちの質に大きく左右されるのだし、わたしがお世話になった女の人たちはみんな格好よくて、恐ろしく気前がよかった。買い物に連れていってくれるだけでなく、誕生日に一度着ただけのハイブランドのドレスをぽんとくれたり、バッグをくれたりもした。それで、「そろそろ着物もええやろ」というようなことを言われてしばらくたったある日、たくさんの反物を抱えた京都の呉服屋が自宅にやってきたりして、今思うと、特殊な日々だったような気がする。

そんなふうに働きながら、わたしはたくさんの着物を見た。「すごいですね」としか言いようのないほど華奢な刺繍のほどこされた着物や帯。あるいは、まったく華美な印象がないのに、有名な作りのもので（この言い方で合っているのかどうか）数百万円もするというもの……みんなが当たり前のように素晴らしい着物を着ていた。わたしも、プレゼントしてもらったものや、おさがりにもらった着物を持って美容院に行き、せっせと着付けをしてもらう日々を過ごした。でも、何も知らないのだ、着物のことを。

単衣（ひとえ）と袷（あわせ）の違いはわかる。留め袖と振り袖も、わかる。肌襦袢と長襦袢と半襟と帯締めと帯揚げがどれのことかも、一応わかる。でも、それだけ。色無地、付下げ、小紋、紬、訪問着、さらにそれらが入り交じったあれこれ……もちろん聞いたことはあるけれど、着物の種類やかたち、袖の長さ、などなどについて、これがさっぱりわからないのだ。当然のことながら、季節と着物の基本的なルールもわからない。着物を日常的に着る人は、「洋服とおなじ。寒い時期には袷を着て、暑い時期は単衣を着ればいいの。難しく考えすぎ」と言うけれど、何をどんなふうに着ればいいのか、うまく想像できない。

そんなだから、着物を着てみたい、購入したい、と漠然と思ったとき、まずどうしていいのかわからない。どこへ行けばいいのかもわからない。表に飾っている着物を見ていいなと思ったら、そこに入ってみていいのだろうか。それとも誰かの紹介で訪れるものなのだろうか。だって服屋にも色々あるではないか。デパートに入っている店もあれば、なぜこんなところに、というような常連客に支えられている個人経営の店もある。洋服みたいにブランドがわかればだいたいの値段と趣向もわかるけれど、そこで扱っている着物が着物界においていったいどういう種類と位置づけのものであるのかなんて、全然わからない。何にも知らないわたしが、いいな、と思ったものが着物の猛者(もさ)からみて「ＮＧ」である可能性のほうが高いのだ。着たいものを着ればいいのは前提だとしても、やっぱり四十歳が着る着物であれば、さまざまな「相場」というものがあるはずなのだ。そんなことを思うと、間違ってしまいそうで、いつも二の足を踏んでしまう。

普段の洋服や、ちょっとしたときのドレスなど、どこで何を手がかりに何を買えばいいのかわからなくていつも困っている、ファッションにてんで興味のない女ともだちがいる。彼女の言うことは頭で理解できていたけれど、正直に言うと、うまく実感できなかった。だってこんなに洋服屋があって、こんなに女性誌があふれていて、すれ違う女の人たちは何らかの着こなしをしてるのだから、興味があってもなくても自然にだいたいのことはわかるものなのじゃないのだろうか、と。でも、着物にかんしていえば、わたしはまるで彼女とおなじなのだ。何もわからない。こんなに着物屋があって、こんなにお手本があふれているのに、お金を幾ら持ってどこへ訪ねて行けば、どれくらいのものが買えるのか、想像もつかないのだから。「間違い」があるのじゃないかと気後れしてしまう。

だから、何か新しいものを購入しようかと思っても、比較的「わかる」洋服を選んでしまうことになる。でも、来年は息子の七五三もあり、四十歳にもなったことだし、ひとつ、きちんとした着物が欲しいという気持ちが拭いきれない。どうしよう。そもそも自分で着付けもできない人間が着物を購入してもいいのだろうか。着物がセットでひとつあっても、そんなのあまり意味がないのじゃないだろうか。不安と謎は尽きない。どうしたらいいんだろう。

わたしのクロゼットには、クラブに勤めていたときの着物が十枚くらい眠っている。ほとんどは友人にあげてしまったけれど、気に入ったものを一応は持ってきたのだ。草履もいくつか。下着もそのまま入っているはず。でも、それらは二十年もまえのもので、若い頃に着ていた着物を今のわたしが着ていいとは思えないし、それを譲ってくれたお姉さんたちも、当時はすごく大人の女の人だと感じていたけれど、考えてみれば二十代後半とか、三十代前半だったのだ。それに、やっぱりクラブ調というか、場所柄というか、そういう微妙なあんばいも、もしかしたらあるのかもしれない。いや、どれもシックで、きれいな柄のもの、あるいは無地のものが多かったのだけれど、でもそれらがまだわたしが着られるものなのかどうかの判断もつかない。

しかし、いろんな人の着物についての話を読んだり聞いたりしていると、昔のものを今着る、というのは普通のことだし、わたしの着物たち、まだ十分に生きているのかもしれない……なんて考えると、また着てみたいような気持ちにもなったりする。誰か詳しい人に、みてもらおうかどうしようか。それとも洋服とおなじで、自分を信じて何でも好きにすればよいのだろうか。あれこれ悩みは尽きないけれど、でも未知の世界があるということは、心躍ることでもありますね。

（「madame FIGARO japon」二〇一七年一月号）

失意の中で輝く誇り

大統領選は辛くて悔しい結果に終わった。信じられない結果に世界中が動揺し、そのショックをどうしていいのかわからないまま、トランプは次期大統領就任への準備を着々と進めている。

即日、あらゆるメディアで分析が行われ、数多（あまた）の議論が起きた。トランプ当選を予測していた社会学者がいばり、自意識のねじれたリベラル知識人は笑えないジョークで保身をして、各地で大規模デモと暴動が起きた。臆病で無知な差別主義者が水を得た魚のように泳ぎだし、KKKが活動を本格的に再開させるなんていう悪夢のような情報が流れても、それでも結果は変わらない。

早い段階から「トランプが当選する五つの理由」を挙げて警告していたマイケル・ムーアが、慰めと新たな奮起のために「しかし得票数ではヒラリーが勝っていた。国民の半数以上は、ヒラリーを選んだのだ」という事実を掲げても、残りの半数に近いアメリカ国民はトランプを選んだのだ。悪びれることもなく、人種差別、性差別発言を繰り返し、実践してきたテレビタレント兼ビジネスマンが、アメリカ大統領になった。人々はそれを選んだのだ。

ヒラリーの敗北宣言もまた、辛くて悲しいものだった。失望しても、しかしこの結果を受け入れること。変わらずに立憲民主主義のあり方を肯定すること。前進しつづけなければならないことを訴え、選挙運動に携わったすべての人へ感謝を述べた。そして最後に、女性たちにメッセージを送った。

「わたしたちはまだ誰も、高くて硬い、ガラスの天井を打ち破ることができていません。でもいつか、誰かがきっと成し遂げてくれる。わたしたちが考えるよりも早くやってくれると、そう確信しています」

「そして、すべての少女たちに聴いてほしい。あなたたちには価値があります。力があることを、決して疑わないでください。あなたたちは、この世界で自分の夢を実現するためのどんなチャンスにも挑戦することができる」

今回の結果には、何重にも叩きのめされたような気がした。もちろん、ヒラリーの敗北の理由はひとつではない。メール問題、献金疑惑——政治家として万全の信頼を得ていなかったことや富裕層寄りであるように受け取られがちな政策、そして民主党への根本的な不信感もあるだろう。また「ヒラリーがフェミニスト? ふざけないでよ」と反発する向きも。でも、「今回の敗北に、彼女が女性だったということは関係がなかった」とは誰にも言い切れない。「これまで八年間黒人で、これから女かよ。はは、冗談じゃないよ」。自分が白人優越主義者であるかどうかをわざわざ認識する必要もなく内面化されているマジョリティたちが、そんなことは思わなかったとは、誰にも言い切れない。

敗北宣言を行ったヒラリーは、黒に紫色のスーツで登場した。色を揃えた夫のビル・クリントンもそばで見守った。この紫色にはサフラジェットのシンボルカラー、そしてアリス・ウォーカーの著作にちなみ、さらに共和党の赤と民主党の青を混ぜるという意味合いがあるとみる向きもある。この日もラルフローレンのパンツスーツで、また、ヒラリーは今回の選挙戦はすべて同様にラルフローレンのパンツスーツを選び、登場しつづけた。

男性政治家のファッションが注目されるのはあまりないことだけれど、女性政治家のそれは常に話題に上る。この傾向もじつに女性差別的であるとは思うけれど、その注目をアピールの場に活用する女性政治家も多い。

このあたりのことをネットで調べてみるとさすがに関心が高いせいかさまざまな記事が書かれており、ヒラリーの出身大学、ウェルズリー大の先輩のマデレーン・オルブライト元国務長官は、外交の手段として自身が身につけるブローチを使用していた――友好的な雰囲気を演出したい場合は花や蝶々、ヘヴィーな話のときは獰猛な肉食動物などを飾って「わたしのブローチから察しなさい（Read my pins）」と公言していた、なんてことを教えてくれる。

いっぽうヒラリーのパンツスーツが定着したのは、女性らしいファッションをしていたファースト・レディ時代を経て上院議員に就任してからのこと。英語には、「主導権を握る」という意味の「wear the pants（パンツをはく）」という言い回しがあるらしく、これは男性が支配していた状況から生まれた表現で、そのパンツを女性であるヒラリーがはくことにはさまざまなメッセージと決意が込められていたのだという（ちなみにウェルズリー大で、公式の場での女子学生のスカート着用のルールを一九六九年に廃止したのが当時学生自治会長だったヒラリー。しびれるね）。

そんなヒラリーの現在のコンセプトを体現し、うまく戦略を練り込み、勝負服を担当してきたラルフ・ローレンはニューヨークの貧しい地区に生まれ育ち、ネクタイのデザイン&販売員から今では世界中の誰もが知るブランドを作りあげたデザイナー。討論会や演説で見るヒラリーのスーツがラルフローレンのものだとは言われるまで気がつかなかったけれど、どれもシンプルで力強く、いわゆる「正解」であるだけでなく、何より今の彼女にとてもよく似合っていた。

今のわたしにとってラルフローレンといえば、現実的にはどうも子ども服というイメージが強く（息子の体型に合わないので残念ながら買ったことはないけれど）、そして世代的には何と言ってもポロシャツである。猫も杓子も本当にもう誰もかもがあのマークが胸に小さく刺繡されたポロシャツを着てローファーを履いていた（わたしは美術学生だったのでいつもボロボロの古着で、眺めているだけだった）。

けれど、そういう現実的な事情や世代の体験を超えた、女性にとってのラルフローレンの真骨頂にして精髄は、やっぱりウディ・アレンの『アニー・ホール』の衝撃であったことを忘れてはならない。黒いベストを着たダイアン・キートンとウディ・アレンが花壇のまえで並んで立っている写真を見たことがない人はいないだろう。ブラウスにワイドなチノパン、ネクタイを締めてブーツを履き、映画公開から二十年近くが経ったあとで鑑賞したわたしにとっても、ため息をつきたくなるほどのあれは最高のスタイリングだった。このスタイリングによって女性がメンズアイテムを取り入れる常識が生まれて、その流れのうえに現在のわたしたちの感覚が存在しているのだと思う。

この映画にまつわる有名なエピソードのひとつに、こんなのがある。ラルフローレンの衣装のなかから、ダイアン・キートンがこのメンズ・アイテムを使用したスタイリングを選んだとき、彼女のスタイリストは猛反対してウディ・アレンにやめさせるように進言した。けれどウディは「いや、それでいい。彼女が着たいと思うものを好きなように着させればいい。だって彼女は天才なんだから。ほっとけばいい」と答えた。歴史に残る女性のファッションとそれらが後世に放つ意味も、そのときどきの現場の権力者（大抵は男性）のジェンダー理解の匙加減で、生まれたり生まれなかったりするのだから複雑な気持ちになる。けれど、こうして常に女性に課せられた因習ともいうべき常識を打ち破るファッションの精神が二〇一六年、主要政党からの初の女性大統領候補を支える力として継続して発揮されたということは、遠く日本に生きるわたしたちにとっても失意のなかで小さく輝く誇りである——そう感じてもいいのだと思う。

（「madame FIGARO japon」二〇一七年二月号）

ファッションの点滅する喜び

かつてわたしは親しい女ともだちから「スカートの天才」と呼ばれていたことがある。

これは、とにかくその人に似合うスカートを試着する前に即座に見極める能力で、一緒に買い物にいった彼女たちはいつも激しく感心してくれたし、それはもちろん自分自身にも適用される。

子育てが始まり、あちこち無限に走り回る男児の世話をし、園への送迎で電動自転車に乗らざるを得なくなった今でこそ、わたしは泣く泣くパンツをはくようになったけれど、以前は絶対に、何があっても、スカートしかはかない人間だったのだ。そう、雨の日も風の日も雪の日も、それどころかテレビの仕事で四日間、飛行機を乗り継いで辿り着いた標高五〇〇〇メートルのパミール高原で二週間テントで生活したときも、わたしはスカートをはいていった。ああ、あれらの日々、スカートはわたしの体そのものだった。

一目見ればそれをはいたときにどのような形として再現されるかが理解でき、そのポテンシャルを最高に発揮する、必ず似合うスカートを選ぶことができたのだ。

その能力が鍛えられたのは、ひとえに自分のお尻のおかげというか、せいなのである。今でこそ、こう、お尻の大きな女性というものにある種の市民権というか美質のようなものが認められてきたような気がするけれど、思春期の頃、わたしにとって大きなお尻は呪いそのものであった。なんとか小さくしようとありとあらゆることを試したものだ。でも当然のことながら、小さくなんかならなかった。もともと骨盤が巨大なのだ。ジーンズをはいて合わせ鏡で後ろ姿をチェックなんかした日には、特大すぎる鏡餅をバットで殴って思い切り平たくしたのをくっつけてるみたいなあんばいで、ため息もでない。おなじくらい直径があるんじゃないかとマンホールを真剣に見つめたこともある。それで、スカートしか選択肢がなかったのだ。

でも、そんなお尻なのではけるスカートも少なかった。まずプリーツは駄目。ちょっとした山みたいに見えるし、そしてハイウエストのものも難しい。お尻に合わせるとウエストがゆるくなり、歩いているだけでだんだん上に上がってきてお腹まわりがべこべこになるのだ。どうしたらよいのか。そしてわたしはとうとう見つけた。それは、マーメイド型のスカート。

マーメイド型なんて逆にお尻が強調されてどうなの、と思われる読者もいるでしょう。でも騙されたと思って一度お試しくださいとしか言いようがない。二十歳を過ぎた頃に出会った、当時一万円もしなかったノーブランドのマーメイドスカートを、わたしは十五年間くらいはいた。他にも無数のスカートをはいたけれど、着心地、テンション、フォルム——あれは何もかもが最高だった。マーメイドスカートを選ぶコツは、膝下までのクラシカルな丈がイチオシで、そして素材はできるだけ柔らかいもので、薄手であることが肝心である。でも、そのスカートははきすぎて文字通り擦り切れてしまった。何しろもともと安価なものである。新しく出会ったスカートたちにもそれぞれの良さはあるけれど、「残しておいて、型をとってもらって誰かにおなじの作ってもらえばよかったな……」と真剣に悲しくなって後悔するくらい、それは完璧なスカートだったのだ。

しかし時は流れ——わたしは、彼女（スカート）の生まれ変わりに出会うことができた。彼女は「ドルチェ&ガッバーナ」と名前を変えて、わたしの目の前に再び現れてくれたのだった!

ボタニカルのビッグプリントな夏が過ぎ、この秋にはワンダーランドが炸裂し、それ以前にはランウェイに赤ん坊を抱いたモデルを登場させるなど、女性の豊かな表情を常に提示してきたドルチェ&ガッバーナ。十五年前に買ったミンクの襟付きのこれまたうっとりするほどクラシカルなスーツは今も大切にしているし、おなじ時期に購入したビッグシルエットのコートも一巡りしてなお現役だ。現在のわたしは、定番のタオルミーナレース&ビジューのオペラシューズの大・大ファンで、全色コンプリートに邁進中である。ああ、あの素晴らしい履き心地には、足を入れて歩くたび本当に心の底から感動する。

しかし、そういえば、洋服は最近買っていなかった。というのも、年齢を重ねるごとにできるだけ重さのない、とにかくどこまでも軽い服じゃないと袖を通すのが億劫になってしまって(ウールのコートも着ないくらいだ)、ドルガバは、ドレスにしてもコートにしても、けっこうしっかりしたつくりになっているので、少し距離ができてしまっていたのだ。それに加えてこの十数年、気分はずっとフリル&レースだったので、小股の切れ上がった賢い女風のドルガバはちょっと大人っぽすぎるというか、そんなムードに映っていたのだ。

　しかし、ブラウスを試着したらもう止まらない。ワンダーランドのコンセプトも相まって、猫だの鏡だのビジューだの光りっぱなしのデコラティブ、かと思えば定番の知的なジャケットたちも脇を固めて、ああ、ここには何でもあるんじゃないかとうっとりしてしまう。シルクのシースルーのブラウス。これに合いそうなスカートは……と振り向いた瞬間。かつて「スカートの天才」だった頃の感覚が一直線に奥にあったスカートをぴしっと捉え、見るだけでもう、それが自分にとって最高にして完全なスカートであることが理解できたのであった。

　何この肌触り、柔らかさ。ビロードってこんな生き物みたいだったっけ？　ウエストはストレッチ素材になっていてトップスをインしてもぴたっと決まるし、何より素晴らしいのは大げさでなく五〇〇%増しでスタイルをよく見せてくれる、そのラインである。得も言われぬ美しさをたたえた、マーメイドスカート。はいた瞬間、「おかえり」「ただいま」「やっと会えたね」「大好き」「もう離さない」みたいな、作家の語彙としては凡(およ)そ信じられないほど素朴な感慨が一気にあふれて、本当に、ただただうれしかった。細部も圧倒的に素晴らしく、ふつうにしていると見えない裾の裏側にも惜しみなくレースが施されていて、心の底から参ってしまう。

しかし、みなさんもご存じのとおり、スカートに限らず死ぬまで大事に着ていきたい洋服には、なかなか出会えるものではない。どうか、どうか何枚かあってほしい。なのでわたしはもう一枚をイタリアから取り寄せてもらい、日本では扱っていなかったおなじシリーズのこちらは総レースのものを、やはりイタリアのネットショップで注文し、無事に手に入れることができたのだった。スカートに軽く数十万円というのはもちろん高い。けれど、これを買わずしてわたしはいったい何を買うというのだろう。わたしの心の拠りどころ、「人生日割り計算」（値段を人生の残りの日数で割って、一日あたりの単価を出して「なんだ、百八十円ぐらいじゃん！」とか言って一人で安心するんです……）が飛び出す間もなく、晴れてめでたく、わたしは完璧なスカートと再会できたのであった。ああ、うれし。

お店のかたは丁寧に梱包してくださり、手にしたショッパーを前に「今回はこのような……」と言いながらぷちっとボタンを押すと、クリスマスの絵が描かれたショッパーには小さな電球がセットされていて、ぴかぴか光ったので驚いた。ええええええ、とかみんなで言いながら、「こんなところにお金かけるの、ドルガバすっごいな」とか突っ込みつつ、しかしそれは、日常に点滅するファッションの喜び、そのものであるのだった。

（「madame FIGARO japon」二〇一七年三月号）

いつだって本当の瞬間が

ＳＮＳが日常的なツールになって十年以上が経つけれど、そのときどきに旬のフォーマットが生まれ、廃れ、を繰り返して、現在はフェイスブックとインスタグラムとツイッターに落ち着いているといったところだろうか（ごめんなさい、スナップチャットにはついていけていません）。

わたしはフェイスブックのアカウントは持っていないけれど、ツイッターとインスタグラムは登録していて、そこで色々な情報にふれている。フェミニズム系のニュースや議論にかんするものが多いのだけれど、おなじくらい重要なのが、何といってもファッションだ。

好きなブランドをフォローして、コレクションの動画があがればチェックし、エディターが新しいデザイナーを紹介していれば、インスタグラムでフォローする。好きなスタイリストがアップする撮影現場の写真も楽しみだし、センスのいい匿名の方々の素敵な着こなしがあればついつい見入ってしまう。ヴィンテージのセレクトも大好きだ。また、セレブ主婦が爆買いしつづける高額商品、ハイブランドの品々が怒濤の勢いでアップされていくのを眺めるのも「そんな阿呆な」とか半ば呆れながらもうっとりするし、悪くない。

つぎに好きなのがメイクについてのあれやこれやなのだけれど、いつも疑問に思っていることがひとつだけある。それは「自撮り」にかんすること。

一般人はもちろんのこと、芸能人やモデルや、アイドルや準アイドルや、ネット有名人のＳＮＳにはありとあらゆる自撮り写真があふれていて、端的に言って、ものすごい量だ。ばっちりメイクして、すごく可愛くきれいに撮れた写真をアップするのが基本であるのは前提として、ときどき有名人が謎の「すっぴん自慢」みたいな展開を見せることがある。そういう画像がアップされると、フォロワーのみんなから「すっぴんなのに可愛すぎ！」とか「すっぴん笑顔、最高です♡」などのコメントがあふれ、わたしはそこでいったい何が行われているのかが、いまひとつ、ぴんとこないのだ。

というのも、みんなが褒め称えている、芸能人の「すっぴん」がすっぴんであることなんてほぼなく、すっぴん風のメイクをしているか、あるいは本当にすっぴんなのかもしれないけれど、撮る時点でアプリを立ち上げ&フィルターなどの加工をしているなんていうのはこれ、どこからどう見たってわかりきったことなのだ。だって自分たちが自撮りをするときに普通にしていることなのだから、わからないはずがない。すっぴんじゃないものをすっぴんだと褒めていて、ここではいったい何が起きているんだろうか、と不安にもなるのだった。

あるいはそれは、純粋に「技術」を称えているのかもしれない。すっぴんじゃないのなんて前提で、そこはひとつの「型」として、ルールとして見ないようにしたうえで、その加工の技術、自分を可愛くきれいに撮る、という野心をこそ、認めあうような感じなのかもしれない。どうなんだろう。

そして、ここから派生してくる「アプリ加工」についてもうひとつだけ、わからないことがある。

たとえば芸能人とかモデルとか、これから自分というものの価値を高めて生きていこうという立場の人たちや、誰かから憧れられることで生計を立てている人々が、アプリで盛りに盛った自撮りをアップするというのは、これはすごく理解できる。仕事として理解もできるし、心情としても理解できるし、何より効果として理解できる。

そういう有名人、あるいは有名人志望者がアピールしたいのは不特定多数の人々であって、その人々の多くは、盛り盛り画像の発信者の本当の顔とか生活といったものを、知らないままでいる可能性が高いのだ。つまり、インスタとかフェイスブックとかで演出過多にアップされたものは、そのまま発信者のイメージとして保存される。加工されたものとはいえ「可愛くてきれいな写真」は「あの人、すっごく可愛くてきれい！」と直結して、みんな憧れてくれるのである。そんなふうに、有名人の盛り画像はフォロワーにとってそのまま「現実」として機能する確率がうんと高い。有名人が加工した自撮りをアップしたり、生活のいい部分、きれいな部分を切りとってアップしつづけるのはそのまま広告なのであり、仕事なのである。

しかし、不思議なのは、一般人の加工画像の自撮りのアップ……。

一般人のSNSは、基本的にリアルに接続している「知人・友人」が対象ですよね。つまり、演出過多の自撮りなどでアピールしたい人々の多くが、本当の、現実の発信者の顔を知っていることになる。そう、本当の自分のことを、知られている。しかしそれでもなお盛った自撮り写真を載せること——つまり、バレてる嘘をつきつづけること、そこにどんな動機と効果があるのか、これがちょっと、見えにくいのである。

逆効果というか、可愛くきれいに加工された画像を載せることで、かえって現実との差を示していることにはならないのだろうか。それとも、やはりここでも「あんた、ここまで盛れんのか」「おう」「すごいな」「おう」みたいな、技術の披露が目的になっているのだろうか。このあたりのこと、わりに真剣に考えているのである。

そこでわたしは、上記に該当する知人たちに、リサーチしてみた。「加工した写真をリアルの友だちに見てもらうのって、ぶっちゃけ、どんな感じなん?」と。すると、想像しなかった回答がきて、わたしはさらに混乱することになってしまったのだった。

そう、みんなにわたしの質問の意図がうまく伝わらないのだ。「?」みたいな感じで、それでも話をつづけるうちにわかってきたのだが、どうやらみんな、アプリで加工した自分を、本当の自分と分けて考えてないみたいなのである!

だから、本当の自分の顔とのギャップとかとくに感じないし、演出過多かもしれないし盛ってるのもわかるけれど、それもれっきとした、正真正銘の、自分であるのだという認識が、そこにはあったのだった。

これこそがフィクションが現実を覆った瞬間なのだ、とか、これが拡張現実ってやつか、とか、わたしの頭はぐるぐるしたけれど、しかし同時に感心するというか、新しいリアリティの力というか動機に触れられたような気がして、またもや色々と考えこんでしまうのだった。

そう、表象においては、本当も嘘も、ないのである。可愛く盛れた写真は、そのまま自分であるのだった。そこにその自撮りがある限り、それは現実以外の何ものでもないのだった。

考えてみればファッションに対する情熱も、この感覚を原動力にして生まれてくるのかもしれない。たとえば経済的に無理をしてでも、生活水準に見合ってなくても、背伸びしてでも買った洋服を着さえすれば、そのとき自分は、その洋服を自分で買って、そして身につけている自分以外の、何ものでもないのだもの。

「嘘と本当」だけじゃなく、「夢と現実」とか「可能と不可能」みたいな、ふたつのものの見分けがつかなくなってしまう瞬間の、たまらなさって確かにありますよね。

（「madame FIGARO japon」二〇一七年四月号）

威光を借りた、素敵な何か

今でこそ、ハイブランドに夢中になって、ことあるごとに清水の舞台から飛びおりて心はつねに複雑骨折、みたいな感じでなんとか生きているわたしだけれど、やっぱり子どもの頃から洋服というものがこれ、大好きだったんだなあとしみじみ思う。

おめかしに目覚めたのはいつだろう？　裕福な家じゃなかったし、いつもおんなじ服ばかりを着ていたけれど、でも十歳になるかならないかくらいのときから、好みというかこだわりのようなものはあったように記憶している。当時から、フリルとかレースが大好きだった。でも、そういった趣味はいったいどこから仕入れたのだろう？　それはきっと少女漫画やテレビに映るアイドルたちの衣装からで、そう、つばのついた大きな帽子にたくさんの花飾り、そしてまるでおとぎ話のようなドレスを着て歌っていたのは、Ｗｉｎｋだった。ふわふわのロングヘアに優しげな太眉。自分もああなりたいなんて思うことはなかったけれど、いいな、好きだな、きれいだなあ、とうっとりしていたし、今でもたまに画像検索をして、あてのないため息をつくこともある。

小学校の高学年から中学一年頃にかけて、流行りに流行ったのがDCブランドだ。

なかでもわたしが夢中になっていたのは、津森千里がデザイナーを務めていた「I.S. chisato tsumori design」で、いつかそのロゴが大きくプリントされたTシャツを着てみたいと心の底から思っていたことを、とてもよく覚えている。しかし高い。わたしが欲しくてたまらなかったTシャツは、当時六千円くらいして、経済的にはもちろんのこと、精神的にもそんなの買えっこないのである。

でも、まわりにはけっこう気前がよく、また、子どものファッションにわりにお金を使う親を持った友だちなどもいて、彼女たちはごくふつうの普段着として、「I.S.」とか「BA—TSU」とか「MICHIKO LONDON」とか「PERSON'S」とかを着て、遊びの場所に登場してくるのである。あれは本当に眩しかったな……。

考えてみれば、あれがわたしにとってのいわゆる「ブランド元年」だったように思う。デザインとか縫製とか、そういうものの良さとか一切わからないのに、その名前がついていること。そしてその凄みを保証するあんばいでつけられた高い値段のその二点に「へええ」となり、ほかの洋服とは別格の何かであるということにほぼ無条件に同意した、あれは初めての季節だった。

それまでは、模様とか柄とか色とか形とか、そういう基準しかなかったささやかなおめかしの領域に、初めて「外部」があらわれたのである。そう、あれは、自分ひとりで成立していた「おめかし」の世界に、他人の価値観や欲望が原動力となって機能する「おしゃれ」の到来、そのものだったのだ。

ブランドとは不思議なものだ。大人になった今、ハイブランドのドレスを手にとってみると、やっぱりこれはこのメゾンにしか作ることのできないものだと深く納得することもあるけれど、しかし客観的に考えてみると、ハイブランドの洋服につけられた値段というものはこれ、ごく控えめに言ってものすごい金額である。一本のパンツや一枚のスカートに、新卒初任給かそれ以上の値段がつけられ、セットアップで揃えると大手企業のボーナス一回分が優に消えてしまうのである。

でも、ハイブランドの服は売れる。ふらふらになりながらも、なぜだかわたしも買ってしまう。毎度のことながら、そして自分のことながら、本当に不思議なことだと思う。わたしたちが買っているのはまぎれもなく洋服だけれど、しかし同時に、そのブランドを着ることのできる自分、みんなが欲望する洋服を着ている自分、のようなものも同時に買っているわけであって、その意味で、おしゃれというのは「他人の威光を借りた自己実現」にほかならないのだな、とつくづく思う。これが不幸なことなのか素敵なことなのかはわからないけれど、その運動を自分のなかに取り入れるきっかけが小学校時代のDCブランドであったというわけで、思えば遠くに来たものだなあと感慨深くもなるけれど、でも肝心なところは変わってないんだから、なんだかなあ。

とまれ、「I.S.」。結局わたしは、一年近くお小遣いみたいなのを死ぬ気でかき集めてそれを貯めて、そしてそのお金で念願のTシャツを購入したのだった。中学一年の春だった。朝から夜までパートで働いている母を思うと罪悪感で胸がはりさけそうになったけれど、しかしわたしは誰にも秘密で買ったそれを、本当に大切に着つづけた。今から思うと、とっておきが一枚だけあるのって、一枚もないのより切なかったりするものなんだけれど、でもやっぱり嬉しかったな。ブランドの洋服はそれしか持っていないから、そればかり着ていることをあれこれたくさん持ってる友人たちから笑われたりしたけれど、でもそれは、誰がなんといっても、わたしの「いっちょうら」だった（ほぼ毎日着ていたけれど）。

それから時は流れ、自分で稼ぐようになり、洋服だって以前とは比べものにならないくらい、わりに好きに買えるようになった。けれど、今の「満足」と当時のあの頃の「渇望感」とは関係がなくて、あのときの気持ちが更新されたり、塗りかえられるというようなことってないんですよね。なんだか、そのまま残っている。

自分の娘にものすごい量のものすごい洋服を買ってしまうママなんかに話をきくと「わたしが子どもの頃に買ってもらえなかったからその分、と思ってしまうところがある」というようなこともあり、そりゃあそうだよなあ、としみじみしてしまうのである。おまけに同性とくれば体でつながっている実感もあるだろうし、わたしの場合は娘でなく息子だったせいで一線が引けているけれども、どうやらファッションにおいても時制というのはこのように、かくも曖昧なあり方をしているのだなと思う。

そうか、じゃ、もしわたしが子どもの頃に、うんとお金持ちの家に生まれ育ち、欲しいものはその場の弾力性にまかせて買い与えてもらえたような経験の持ち主であったなら、大人になった今、これほど洋服というものに夢中になることはなかったのだろうか。人生レベルで「気が済んでいる」というか、そういう人になっており、こんなに洋服に執着することもなかったのだろうか……と考えて、いや、それは違うな、関係ないなと思い至った。

というのは、インスタグラムなどで「バーキン部屋」みたいなのを持っているような激烈浪費家セレブ主婦の買い物などを見ていると、その方たちってどうも生まれも育ちもものすごく裕福らしくて、なんか、ただの当たり前というか、いわゆる「失われた何かを取り戻す」的な物語なんて、入り込む余地ゼロなんである。

愛や執着の根拠は無数で無限、ファッションを愛好する人たちにしかし共通しているのは、さきほども書いた「他人の威光を借りた自己実現」であり、これは確実であるように思える。みんな、誰かの素敵さを借りている。その対価が大きければ大きいほど自己実現の輝きもまた大きくなる、とくればいいけれど、しかしそれは、つねに時と場所を選ぶ、というのも面白いですよね。

（「madame FIGARO japon」二〇一七年五月号）

偏在するファンタジー

ファッションに流行があるのは言わずもがなで、おなじくらい当然のこととして、自分自身にも流行はある。それが世間のそれと一致することもあれば独自のムードを醸す場合もあるけれど、流行をばっちり押さえた隙のないおしゃれで無難にキマっている人を見るより、ルールが見えない独自のおしゃれでキマっている人を見たときの感激のほうが大きいものだ。

「まるで誌面から抜け出してきたような」おしゃれをしている人を見つけるのもじつは難しかったりするけれど、デパートやハイブランドの店舗などでは時々お目にかかることもある。文字通り、頭の先からつま先までを今季モノですっぽり包んでいる人を見ると圧倒される。そういう人には各ブランドに担当者が付いていて、新商品が入るとおそらくその都度に購入するものだから、彼らのおしゃれはつねにアップデートされている。似合っているか似合っていないかは別として、ルックをそのまま着さえすれば間違ったコーディネートにはなるはずもなく、その姿には、有無を言わせない独特の強度がある。

しかし、その人がどれだけそのブランドを愛好してポリシーを持っていようとも、ひとめ見ただけでどこのものかわかる高級ブランドの洋服を、何の創意も疑いもなく身につけているというのは、もちろんそのほとんどは羨望の眼差しを受けることになるけれど、しかしある種の下品さを感じさせる危険もはらんでいる。ハイブランドを着ることと着られることとは紙一重。ファッションが他人の威光を借りた自己実現である以上、「あなたはお金を払っただけ」というある種の真理が、ある種の人々を白けさせるのである。

「高いかもしれないけど、おしゃれじゃない」

「なんか、みっともない」

これって、わりになじみのある感情ではないかと思う。

翻って、「それはどこの洋服ですか」と尋ねてみたくなる、あるいは、それがどこのものであるかなんて気にならないほど、その「着こなし」だけが目に焼きつく場合がある。だからこそ、ファッションの素人、玄人を問わず、初見でそう思わせることのできる人々を撮った、世界中のスナップ特集が定期的に組まれ、またわたしたちは飽きもせず眺めてため息をついてしまう。

こんな組み合わせどうやって思いつくんだろう、と興奮させられる。自分のワードローブをチェックして、使えそうなアイテムを組み合わせて色々試してみたくなる。でも、何かが違う。ああはならない。この着こなしにはこれがこんなふうに効いていて、ゆえにこのように素晴らしいのだと説明されても、そういうロジックを抜きにしてうっとりしてしまう最大の要因は「その人がどんな人なのか知らないけれど、問答無用に、似合っている」という説得力なのだと思う。よく見れば現在のモードとルールに沿ったものかもしれないけれど、そういうお墨付きがなくても成立するおしゃれ。経済という権力に、また勝者のイメージの力に頼らずに独立した自己実現を目指すその姿勢に、ファッションにおける個人のクリエイティビティの発揮を見て、人はそれを評価するんだろうと思う。

そのわかりやすい例のひとつに、ヴィンテージがある。

ハイブランドと違って、かなりの確率で失敗が見込まれるアイテムであり、基本的に頼れるのは自分自身の審美眼、という前提があるように思う。もちろん、どんな世界にも「ブランド力」に相当する価値の根拠は存在するから、お墨付きの効力はゼロではない。しかし「生かすも殺すも自分次第」という腕試し感がみなぎっている。ヴィンテージを着こなせたら本物である、みたいな感じ、やっぱりあると思うなあ。

これって何に似ているのかというと、やや我田引水気味ではあるけれど——まるで「詩」みたいだなあ、と時々思うことがある。

詩の定義はさまざまだけれど、いずれにせよ自分で作ったのではない、誰でも読むこと使用することのできる言葉というものを使って、誰にも書くことのできない世界空間の形成を、詩人は目指す。共感よりも驚きを、安定よりは混乱を、そしてそこでその詩が読まれるときに初めてその詩が存在していることに気づくというような、まるで生成そのものに立ち会うような感動を、いつだって詩は目指している。ヴィンテージを中心にしたおしゃれが完全に成功しているのを目撃するとき、わたしは詩という漠然としたイメージを思い浮かべてしまう。「誰にも真似できない」「この人にしかありえない」「ここでしか見ることができない」という、優れた詩に触れるのと似たような感激が、たしかにあるのだ。

そんなわけで、わたしはインスタグラムで「！」と思えるヴィンテージショップのアカウントをフォローして、ここ最近は、その驚きに満ちたスタイリングに震える、というそんな日々を過ごしている。

それにしても東京には素晴らしいヴィンテージショップがたくさんあって、毎日新しいお店の発見がある。お店の方が着ている写真もあれば、ハンガーにかけたものを撮ってアップしている場合も多く、どの写真も雰囲気があって気持ちが高まる。ある日、ヴィンテージに疎い初心者のわたしも、思わず店舗の所在地を確認して出かけることにした。フォローしているアカウントの中でも飛び抜けてセンスがよくて高級感があり、すべてのアイテムにハズレがない。それらがハイブランドの何十分の一くらいの値段で手に入る可能性もあり、そしてそのセンスを物にすることができれば本物のおしゃれに一歩近づくことになるんではないか。そんな期待に胸を膨らませて扉を開いた、のだけれども……。

ｉＰｈｏｎｅの中で見ていたドレス、ブラウス、ワンピース……たしかにそれはそのままおなじなのだけれど、じっさいに手にとってみると、これがなんとも違うのだ……素材感というか、画像にあったような奥行きや質感がなく、こう言うとなんだけれど、おしゃれに目覚めたばかりの十代の専門学校生たちが好んで着るような雰囲気のものばかりで（つまり、二十年前にわたしが着ていたようなもの）、頭を抱えてしまった。写真と実物、ここまで違って見えるものなんだなあと、とぼとぼ帰途に就き、後日、諦めきれずにまたおなじように贔屓（ひいき）のアカウントの店舗に出かけてみたけれど、写真を超える感動にはどうもなかなか出会えない。

SNSの功績はすごいけれど、納得するには手間もかかる。百聞は一見にしかずとか、やっぱり手にとってみるのが大切だよねとか、情報化されたものはやっぱり嘘で、実物こそが本物である、なんて言うつもりはないけれど、でもリテラシーを問われるのは事実だよね。

洋服の、いったいどこにリアリティを見るのか。じっさいに着た感触なのか、それともSNSなどで拡散されるフィクションの中にそれを見るのか。

わたしとしてはやはりどうしたって体があってしまうので、着心地、質感、というものが最重要の基準としてあるけれど、でも本当のところはよくわからないよな、とそんなこともぼんやり思う。着て触れることだけがファッションの甲斐ではないものな。そうしたファンタジー全般はこれまでハイブランドが一手に引き受けてきたけれど、もっと身近なものにまでその役割は広がってきたように思う。

（「madame FIGARO japon」二〇一七年六月号）

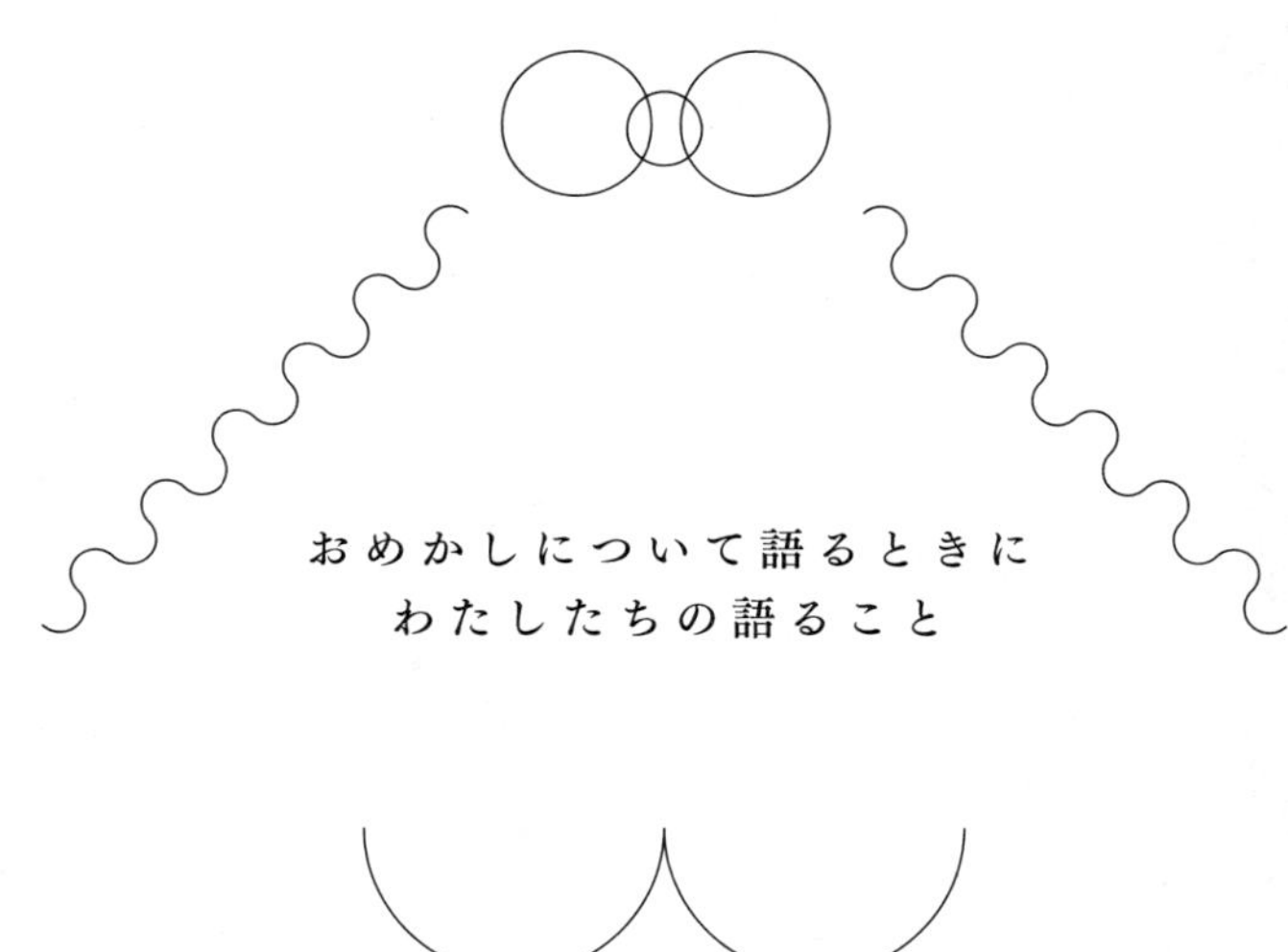

おめかしについて語るときに わたしたちの語ること

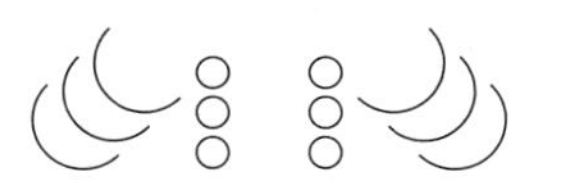

聞き手　江南亜美子

「おめかし」と「おしゃれ」の違い

――朝日新聞紙上で、二〇〇八年四月から二〇一四年三月まで、月に一度連載された「おめかしの引力」は、おもにファッションや装うこと、モノを所有することのあれこれについて、ざっくばらんに語る川上さんが魅力的なエッセイでした。今回、一冊にまとまるのに際して、語り下ろしのインタビューがおまけにくっつくことになりました。まずはこのエッセイ、いかがでしたか。

川上　ふだん詩や小説を読んでない人からも、「あれ、読んでる。楽しみにしてる」と声をかけてもらえたのが、この「おめかしの引力」だったんです。女性だけでなく男性にも、それこそ老若男女を問わずに。一回につき原稿用紙二枚分というすぐ読める短さも、朝日新聞でこの内容というのもよかったのかな。

――「おめかし」という言葉自体が、懐かしいような甘い感情を喚起させて、素敵なタイトルですね。

川上　「めかす」の字義的な意味は、化粧のことであり、大人の女性が気取ったり着飾ったりというニュアンスになるけれど、わたしの感覚では、小さな子どもに「今日はおめかししてるね」といったりする感じがぴたっときます。あるいは、ふだん服装に無頓着な男の人でも、おめかしすることはできる。「おしゃれ」と同じ意味でも使えるけど、すこし雰囲気の違う言葉ですよね。

――先ごろ刊行された、穂村弘さんとの共著『たましいのふたりごと』（筑摩書房）にも、じつは川上さんによる「おめかし」の定義があって、そこには①結婚式や七五三など、場所を含んでいることと、②他人の承認が必要ではなく、自分だけで成立することが挙げられています。

川上　「おしゃれ」と「おめかし」にあえて違いを見つけるとしたら、「おしゃれ」って、やっぱり他人の評価が入っている気がするんですよ。「あの人、おしゃれやな」といわれて初めておしゃれになるというか。でも「おめかし」には、主体性がある。自分にしかわからないおめかしもありますよね。革靴をすごくピカピカにして履いてるおっちゃんとか、人から見たらたいした服じゃなくてもここぞというハレの日に着る一張羅をもっているとか。自分がいいと思うものを自分だけで肯定できるのが、「おめかし」だと思います。

――子ども時分の、おめかしをしていると自覚している心の高揚感とか、鼻の先がむずむずする誇らしさは、鮮明に記憶に残ってるし、いまと基本なにも変わってない気がしますものね。では、その「おめかし」の対極にあるのはどんな事態でしょうか。他人の承認を得るための服装？　「モテ服」とか？

川上　「モテ服」については、このエッセイにも書いていますが（『モテ』との関係、あるのかな」）、男の人の目を気にして服を選ぶというモチベーションをわたし自身はもったことがないから、逆にすごいハードル高いんちゃうのって、思っていて。女性誌とかの「モテ服」特集にはたぶんふたつの需要があって、ひとつは本当に服の趣味というのがなくて、ファッションに自信のない人が、「これ着といたら浮かないよね」と指標にするというもの。たとえば、おしゃれし始めの人が、傷つきたくない方向でみんなが買ってるお店で買うとか、無難なものを着るとかのパターンです。もうひとつは、全方位的に異性にモテたいから、最大公約数的に男性が好きとされるスタイルを自分も戦略的に取り込もうというもの。

でもわたし、男の人にモテたい気持ちが、本当にわからないんだよね。わたしも人間だから好きな人に自分のことは好きになってほしいけれど、不特定多数にうけれど。
モテたいってなんだろうな。生物学的な生存戦略の名残というか、一環なんだろ

——複数に求められる状態を作って、一番いい条件のものを自分で選ぶってこ
と？ それだとけっこう能動的な態度ですね。

川上 あとは純粋に、欲望されることが気持ちいい、女である甲斐があると思う
のかもしれません。たとえばタートルネックのニットとか着た、胸の大きい子が
ウーンって伸びをしたときに、「あ、いいな」と男の子が思う気持ちはわかるし、
「オッ」と思われてる自分が気持ちいいという女の子の心理もわかる（笑）。

——あ、駆け引きとかゲーム的な要素で、着る服を選ぶパターンだ（笑）。

川上 やっぱり女としてノッてるときは、そういうこともしたいんじゃないかな。
ほら、いま、自撮りしたぎりぎりのショットをSNSにどんどんアップする若い
子とかも——そこにはもちろんいろんな動機があるんだろうけれど、性別も越え
た不特定多数から欲望されることを、自主的にコントロールしたいというか……。
まあ、表現のひとつになっていますよね。だから、こういう「モテ服」を戦略で
着るときと、それ以外に自分らしい服のとき、両方の領域があるのがいちばん望

ましいと思います。「モテ服」しかわかりませんじゃなくて、メタの位置に立って、ファッションを楽しめるといいですよね。

――それがすごくわかる一方で、自分の趣味を確立したり、スタイルをもってファッションを楽しんだりするほうが、ハードル高いと思われる場合もありますね。とくに会社員とかだと、社会のなかで自分も相手も気分よく日々をまわしていくための、ある意味で防御服的な意味合いが、ワードローブにこめられているんじゃないかしら。それで休みの日は彼氏が好きそうな服を着る。

川上　服装だけじゃなく、メイクも、髪の毛の色とか長さとか、巻いてあるとかも含めて、失敗したくない欲求がＴＰＯとして機能しているってことね。それもファッションの役割だよね。ではファッションが、モテとか他人の承認と一面的に結びついている人にとって、おしゃれの究極の達成ってなにかなと考えると……うーん。なんだろう。たとえば、六本木ヒルズとかの大きなセレクトショップに行くと、いかつい男の人が女の人に「あれを着ろ」「それじゃなくて、こっちのバッグにしろ」みたいに、どんどん試着させるのをたまに見たりするじゃない？

——ロマンティックにいえば、『プリティ・ウーマン』的なシーンですね。

川上 あれはその女の人にとっては、達成なのか、あるいはつらいのか。極端な例とはいえ、そうしたトロフィー・ワイフ的な関係もあって、その場合は、相手に完璧だと思われることが自分の欲求とかスタイルになっているのかもしれません。いずれにせよ、ファッションには人間関係も大きくかかわるよね。もちろん性格も。

——おめかしと他人の目という点では、「サプール」と呼ばれる男の人たちが、さいきん話題ですね。

川上 ね。紹介した本も流行っているよね。サプールという、着飾った男の人たちの一群が、コンゴとかの貧しい地域で、派手でお金をかけたスーツとかで着飾って出歩くことで、人々のあこがれを集めているんだよね。

——サプールは、「おしゃれで優雅な紳士協会」という「サップ」の概念を体現する人たちという意味らしいんです。コンゴ共和国の首都のブラザビル・バコンゴ地区にいる人たちがもっとも有名で、ドキュメンタリー番組や写真集が出たことで世界的に有名になりました。ほかにも各地に支部的なものがあるらしい。サプールになるには、ファッションに収入の半分から三分の二も費やして身なりを整えるというだけですごいけれど、そのことを誇りとし、紳士的な行動規範も伴わないといけないんです。

川上　彼らはどこで洋服を買うのかな。インターネット・ショッピングではないですよね？

――『SAPEURS』（青幻舎）という本には、彼らのファッション・スタイルは、かつての宗主国であるフランス的なスタイルで、一九八〇年代にヨーロッパに移民として渡った人たちが「エレガンス信仰」とともに国に戻り、文化を作ったとあります。だから海外に買いに行ける人は行くし、国にもサプールの御用達のブティックがあるんじゃないかしら。

川上　つまり、毎年、各シーズンに新しいものを着るといった、いわゆる資本主義国家でやっているファッション・クレイジーな消費行動ともすこし違うんですよね。とにかく清潔でパリッとしていて、色あわせや組みあわせでハッとさせるもので、いわばアートの領域に近い。紳士協会というぐらいだから、女の人はあんまりいなくて、男の人たちでおめかしを競い合ってる。それでバーとか広場に繰り出す。

——礼儀や友愛や道徳観念など、生きかたすべてに「サップ」という概念が影響を与えていて、もっとも象徴的な面が着飾るという点なんでしょうね。サプールであることで、社会的な地位が得られて、崇拝もされる。武器による力の顕示ではなく、自らの美しさをみせびらかすという考え方の転換がかっこいい。

川上　ヨーロッパ側にこの過剰なほどのエレガンスが発見され、評価され、ポール・スミスもこの本に序文を寄せたりしているようですが、本来の意味での、洋服を着る楽しさや喜びを、ファッションを、ここに見出すことはできそうです。ものすごく極端な例ではあるけど、「ファッションって誰のためにあるの」という問題に、答えてくれているし。ブランド品が金持ちの消費のためだけにあるのではなくて、環境を問わずファッションが意味をもつということの証明になっているよね。たとえば暴力を振るわないという近代的な倫理観を、ファッションを通して、自分たちで体現していくというのも興味深い。

——そう、ファッションが規律になりうるんですね。

川上　ポール・スミスが彼らをある種の理想とするのは、ちょっと上からの視線かもしれないけど、嘘ではないと思う。デザイナーだったら、たんなる消費じゃないファッションに、ある種の理想形を見るでしょう。

——しかも、教育機関でもある。年上のサプールが年少の者を育て、服を買い与えたりして。

川上　教育と改革と倫理感とファッションが一体になっているって、日本とか西欧諸国では考えにくい。だからサプールたちが享受しているファッションと、日本でわたしたちが触れるファッションは、どちらが優劣という問題ではなくて、大きな違いがある。でも、洋服が着脱可能な肉体であるとでもいうのかな。ファッションの潜在的な力をさすがに感じます。おめかしの、最高形態のひとつかもしれません。

ファッションにお金を使うこと

——サプールでは先輩のスタイルにあこがれ、真似ることで自身もサプールになっていくわけですが、川上さんには、現在でも昔でも、あこがれのアイコン的存在はいますか?

川上　内面的にも外見的にも、こんな人になりたいというあこがれは、あんまりなくて。どちらかといえば、こういう作品を書きたいとか、この絵が好きとか、作品に向かうんです。ミュージシャンのような身体性がすごく強いジャンルでも、人より作品のほうにいく。でも、その人の表現内容とファッションが、これ以外ないよなという感じで響き合っている人を見ると、すごくいいなと思います。わたしはシンディー・ローパーが好きで、彼女の言葉に、気分が暗くてどうしようもないときは、とにかく派手な服着るというのがあるんだけど、それもいいなと思って実践するときがあります。

ただ、それはさっきもいったみたいに、人と表現のマッチングが好きなので、じっさいに自分がその格好をしてみたい、とか、そういうのはないかなあ。それでいえば、単純にファッションだけ切り離してあこがれるのは、一九二〇年代のクラシカルなテイストです。『グレート・ギャツビー』とか『ダウントン・アビー』とか『J・エドガー』とかの世界。

だから、皇族ファッションもちょっと好きです。フィンガーウェーブの髪形に、帽子をかぶるというより付けて、パールが首元にちょっとのぞいていて。ファッションのあこがれといえば、ああいう感じです。

――エッセイでも、ひざ下スカートに飾り帽といった正統派ファッションへの憧憬が語られていますが（「真珠のささやき」）、思えば、川上さんがよくお召しの白い美しいブラウスと黒いスカートの組みあわせとか、そこにバーキンとか、意外とコンサバティブで王道的な趣味嗜好じゃないですか？

川上　わたしははっきりいって、ものすごい保守ですよ（笑）。高い襟のブラウスにロングスカートの、ロッテンマイヤーさんみたいな服がいい。

――ハイジをいじめる女性ね（笑）。このエッセイ集には川上さんのプライベート・コレクションというか、愛用品を写した写真も収録され、「未映子のスタイル・ブック」的な側面がありますが、そのあたりも目撃できそうです。

川上　「スタイル・ブック」じゃなくて、「おめかし失敗コレクション」だよ……。せっかくなので連載で触れたものの写真も収録しました。二十年着てもまだ捨てられないネグリジェとか、レースやフリルやりぼんとか、保守的な趣味があきらかになっていると思います……。

――保守的な趣味の人も取り込むのが、ファッションのモードという資本主義のあだ花たるゆえんで、このブラウスどうですか、このスカートはいかがですかと、人をさんざん欲望させる商品を次から次へ出して、なんとか手に入れさせる。いきわたったところで、今度は新しい欲望そのものを作りだして、また人を踊らせる。ロラン・バルトは「モードはみずから完璧につくった意味を、裏切ることを唯一の目的とした意味体系」というような意味のことをいっていますが、本当に欲望は終わらないものですね。

川上 終わらない。これはもう、苦しい戦いですよね。モードであることを仕事にするなんて、大変すぎて信じられない。ファッションって最高の気分にもさせてくれるけど、最低の気分にもさせられるものでしょう。わたしみたいに気まぐれに消費するだけであっても、ふらふらになるときあるもの。試着するたびに現実の体を思い知らされるし。追われるようにあれこれ試して、鏡にふと映った顔がすごい暗いときがあって、さらに落ち込む（笑）。それと、ものすごい対価を払って服を買った一瞬の、すさまじい高揚感と、年度末の確定申告で直視させられる、こんなに服を買う必要がどこにあったのかという激しい落ち込み……。

――そのアンビバレンスに自覚的で、ハイブランドの洋服をばんばん買いながら、いっぽうでお母さんのパートの時給についても考えてしまう（「ハイブランドの幻惑」）のが、川上さんらしいところです。自分で稼いだお金を使ってるだけで、誰からも文句は出ないのに、内省してる。

川上　それはね、心のなかにちっちゃい宮沢賢治がいるから（笑）。つねに過去の自分と、母親の時給のことを考える。でも『たましいのふたりごと』で、穂村さんが、お金を払うだけでこんなにいいものを買えたり、こんなおいしいもの食べられることを思うと、すごく得した気分になるとおっしゃっていて。その視点はなかったから、自分にインストールしたいと思ったな。あべちゃん（夫の阿部和重）もサンローランばっかり買ってるけど、迷いがない。エディ・スリマン（サンローランのデザイナー）の作品を買うと思えば、値段じゃないらしい。だから、くよくよしている自分がどうなのかな（笑）。

――じゃあ、落ち込みの軽減のために、物理的に、もうちょっとだけ買う数を減らす手があるんじゃない？

川上　そうね……。ただまあ、わたしはおめかしするのは好きだけど、本当の意味でおしゃれじゃないから、組みあわせができないんですよね。本当におしゃれな人は、二十年前のものと今年のものを合わせて新鮮な感じが出せたり、母からのもらい物ですって古いスカーフ巻いたりするじゃない？　わたしにはそれがびっくりなわけよ。それができないから、わたしはそのとき旬のものを楽しんでるだけかなあ、と。ここは今後、ちょっと変わっていきたいところではあります。

——川上さんは、誰かに素敵な服やバッグを買ってもらうという発想が微塵もなくて、潔いほどです。お金を使うことに関しては、なにを思いますか？

川上　わたしは、グルメでもないし旅行にもいかないし趣味もまるでないから、どこかでお金を使うならファッションしかないんですよね。あと実家への仕送り。そして最近は息子のあれこれ。稼ぐことと使うことはイコールで、貯めておきたい気もあんまりない。人に買わせる気はそれ以上にないなあ。

　でも、プロレタリアート出身でいまもそうだから、一食五万円の懐石料理を食べる人や、五十万円の服を買う人に、マリー・アントワネット感を抱くというか、庶民の敵と認定したくなるのはよくわかるんです。いつも「日割り計算」したり、「お金を使うのは、よいことなのだ。老人がため込んでいるから、こんなことになってるんや」とか言い訳しながら、消費してる。とはいえ、過去の自分の暮らしと母親の時給がちらつくのはほんとです……。

そんなふうにつねに不安ですが、しかしファッションは表現物でもあるでしょう。あべちゃんにとってのエディほどじゃなくても、あるメゾンの服を誰かが買って所有していくことで、発展するなにかもある。もちろんどの立場で、自分がどれぐらい関わるかは年によって変わってきたし、これからも変わるだろうし、一〇〇％正しいなんてときはないけれど、この分野にお金を使うのは悪いことじゃないとも思います。

――ドリス・ヴァン・ノッテン（アントワープ出身のファッション・デザイナー）の展覧会を見たとき、服はがんばればふつうに買えるアートだなと思いました。手仕事の狂気。インドでアトリエを整備し、膨大な手間と技術を服に結実させている。でもそれは純粋な美術でなくて、「たかが服」でもあるんですよね。

川上　アナ・ウィンター（米国版「VOGUE」編集長）はインタビューで、ファッションをみんな馬鹿にするし、攻撃の対象にするけれど、攻撃はなにかを恐れていることの裏返しだ、ということをいっています。これは本当にはアナにしか見えない景色だろうけど、ファッションにすごく夢中になっている自分と、それを批判的に見ている自分の両方の視点は、確保したいと思いますね。これはファッションに限ったことではありませんが。

記憶を呼び覚ます洋服たち

——このエッセイ集で、ひとつトーンがちがうなと感じるのが、「ダッフルは誰の思い出？」です。ここでは、川上さんがダッフルコートのことを考えるとき、友人の男性が少年時代にダッフルを着ていて遭遇した恐ろしい出来事の思い出話が、あたまに浮かぶというエピソードが語られます。誰か他人の記憶が自分のものと分かちがたく結びつき、服がそれを媒介する。これは特殊な例かもしれませんが、たしかに服は記憶の喚起装置として強力です。

川上 『すべて真夜中の恋人たち』（講談社）という小説を書いたんですが、主人公の冬子は洋服とかがすごく苦手な女性なんです。それが女友達の聖から、いらなくなった服のたくさん入った箱が送られてきて、見たこともない上質の服や未使用のブラジャーもある。そのすごい新入りたちの前では、それまで自分が着ていた服がまったく色褪せて見えるという場面があります。冬子はそれを機に服の整理をしますが、中学校のときの体操服をとってあったりする。じつはそういう感覚、わたしにもちょっとわかります。とにかく服があるときまで捨てられなかった。まだ着られるよなと判断して保存しているのか、失いたくないのか。もしただもっているだけなら、なにを大事にしているのか、思い出を大事にしてるのか、何なのかなって。

――ものの値段とか、関係ないのね。

川上　そう、高かったからという理由なら客観的にわかる。あるいは柄がとてつもなく気に入っているからなら、わたしもスカーフで作られたスカートが破れてもカゴにかける目隠しに再利用しているし、よくわかります。でももう絶対に着ないTシャツとかも持っていたいタイプは、やっぱり思い出信者なのかな。

――実物がなくても、ファブリックの記憶喚起力はすごいなと思ったのは、あるとき部屋を整理していて、服を買うとよく一緒についてくる紙の袋が見つかったんです。ボタンなどの付属物の替えとか、服に使われた生地の五、六センチ四方のが入っているやつ。Y'sと印刷されたその袋の中の黒い布を何気なく手にした瞬間、この布がなんの服なのか、そのときに自分が何歳ぐらいでどういう毎日だったか、コートなんだけどそれを貸した男の子がいたこととか、バーッて一気によみがえってこわかった（笑）。

川上　それはY'sの実物がすでに失われているから、ちょっとした布見本みたいな生地でも色々思いだしたのか、服や布地が、音楽とかと同じように記憶と結びつきやすいからこうなったのか、どっちなんだろうね。

わたしは、モードといったものに関係なく着ていた、普段着やパジャマのほうがけっこう記憶を呼び覚ます要素が強い気がする。ほんとの意味で身体化していたものたち。この本の写真にも、長年着ているネグリジェの写真があるけれど、ああいうものです。でも一時期、そういう身体化されたものじゃなくて、それでも置いておいた洋服をばさっと処分したんですよ。知り合いの編集の若い女の子たちに段ボール四箱とか引き取ってもらったし、最近も若い編集者にあげた。わたしはすごい思い出信者で、過去のことでけっこうくよくよするタイプやったけど、服から離れてみて、全然平気だったたってことに、けっこう励まされたよ。過去というものに対する距離の取りかたのフェーズが変わった。それが「断捨離」というものかもしれないんだけど。

――いさぎよいなあ。わたしは物理的に服を捨てたくて、でも思い入れとか服への執着も強いから、布を同じ大きさに切ってパッチワークにするのもいいなと、思いついたんだけど、どうかなあ。それで、色彩じゃなく、その服に染みついてる記憶の感情のグラデーションで、キルトにしていく（笑）。

川上　すごいいいやん。もう、毎晩それにくるまって眠ると（笑）。ここまで何年分とか、見せてほしいわ。悲しみのグラデーションで。でも、わたしも二十年前から捨てられない服はありますよ。十九歳のときに買った、まだグレースがかわいかったときのセーターとか。

――ああ、グレース！

川上　そのマタギみたいなセーターをいまでも大事にしていて、この前、家でちょっと着た。コムデギャルソンも人にあげたのもあるけど、捨てられないものが多いかな。

――学生の頃、ギャルソンが十二単をイメージソースに作った、色の違う薄い布が何枚か重ねられたブラウスがあって、それがお金なくて買えなかったけど、欲しくてたまらなくて学校の帰りに毎日のように見に行ってた時期がありました。見るだけ。あの情熱はなんだったのかな。

川上　中学のときに、VIVAYOUがすごく高くって、でもかわいくて、七〇年代に振り切ったこのコートが三万円もするのか、買われへんわ、ってため息ついてたけど、一生懸命バイトして、ときどきだったら買えるようになったときのあの感じね……。いまの、パッと服を買うという行為と価値がちょっとちがうよね。

わたしは、「クリスマスと母と白いセーター」というエッセイでも書いたのだけれど（ウェブサイト・日経ＤＵＡＬ「川上未映子のびんづめ日記」）、子どものころから洋服に対する気持ちってすごい強かった。スーパーでみつけた白くてフリルのついたセーターを、こんなのが着られたらなあってあこがれて。そしたら、その姿を見ていた母が、クリスマスに買ってプレゼントしてくれたんだよね。うれしくて、なんか申し訳なくてめっちゃ泣いたな。

とくに子ども時代は、服とその記憶が密接かもしれないです。昔の写真を見ても、風景とか人間関係を見るより前に、あっ、この服を着てるときだなと思うもの。うちの祖母はまだ生きてるけど、よく思いだすのは紫のチョッキを着ている姿。母親のことも、いまよりもう少し若いときの、派手なお洋服を着ている姿でよく思いだします。衣服が記憶のよすがになっているとでもいうのかな。

わたしの母親は、朝も夜も働いていて、けっこう派手なプリントのドレス風のものをよく着て歩いていたんですね。そんなブランド品じゃなくて、スーパーでも売っているようなものだけど。若くて、すごく美人で、スタイルもよくて、おしゃれなお母さんというのが、わたしの自慢でした。いまクラシカルなスタイルが好きなのに、ときどき振り切れたみたいに派手なものにもいってしまうのは、たぶん母親の刷り込みがあると思うほど。ともかく、いつも派手なドレスを着て、お化粧も髪型もばちっと決めて、夜に出かけていくのは、それは母が夜の仕事をしていたからなんだけど、そのあたりの事情はいまひとつよくわかっていなかった。「かしこくしててな」と夜に出ていかれるのは心細くもあるけど、すごいかっこよくてうれしかったんです。

でね、ある日、家に遊びに来た女の子の友達が、そのドレスとかの母のワードローブを見ながら、「うちのお母さんが言うてたけど、みえちゃんのお母さんって夜のお商売してはるから、あんな派手な服、着てんのやろ」って。そのとき、「えっ……」と思ったのははっきり覚えてる。友達のスナックを手伝ってただけなんだけど、自慢できるきれいなお母さんが、酒場で働いているというニュアンスでちょっとさげすまれたことにたいして、友達になんて返していいかわからなかった。

――それはいくつぐらいのとき？

川上　小学生かな。そういうことをいわれた自分も母親も恥ずかしいし、友達にたいしても、そんなこと思ってたんや、って腹もたつし、悲しいし……。世界っていろいろあんのやな、と思ったな。でも、また年齢によってその価値って、復活もするのよね。高校生になると、若くして話がわかるお母さんが、また自慢になったりする。みんなのお母さんがクラス参観日でまともな感じで当たり前のことしかいわないところを、ちょっと二日酔いで来たりして、「みえちゃん、かわりに話、聞いといて」なんて消えたりして。

――いいですね。

川上　八〇年代から九〇年代の当時に彼女が着ていたひまわりの柄の服とか――

値段は全然違うけど、勢いだけでいったら今季のドルチェ&ガッバーナみたいな（笑）。いまでも記憶に残っています。いまの母はもう、その頃よりもっと痩せちゃって、わたしの服をあげても着るような感じじゃないんだけど、もし東京に来たら毎日おしゃれさせてあげたいなって思うんです。

あがる気分と相反する後ろめたさ

――こうしてファッションの話をしていると、ただ気分があがってくる感じがありますね。このなかに、ダイヤモンドを買うか買わないかのエピソードが書かれています（「ああ、金剛石よ！」）が、ここでダイヤを買ってみせびらかせばいいやんって無責任にけしかけてるのは、わたしだなという記憶があるんです（笑）。そのときもそうだったけど、ファッションの話を気ごころを知れた人とする楽しさは、ちょっと別格で。

川上　最初に「おめかしの引力」は老若男女に「読んでるよ」と声をかけられたといったように、たとえばファッションに興味ないひとにも、このエッセイはおもしろがってもらえたんですよね。これを書くにあたっては「わたしのおめかしとは失敗の連続である」みたいなテーマがあり、基本的に、やっぱりわたしがおしゃれな人じゃないから、おもしろがってもらえたんじゃないかな、と思うところもあって。

わたしたちも路面店なんて入れず、プロパーでなんか絶対買えないような時代から、「VOGUE」とかのファッション誌をずーっと見ていて。やっぱり、ここには「引力」が働いている磁場なんですね。引力じゃなきゃ、欲望といってもいいけれど。わたしは、アイドルを好きになったことがないからわからないけれど、なりたいでも、所有したいでもなくて、ただ「いいな」と思うなら、それはファッションへの引力と同質のものが働いていると思う。わたしもミケーレ（二〇一五年の一月に就任した、グッチの新デザイナー）のコレクションを見たら、「天才がどんだけやりたい放題やねん」って、本当に惹きつけられるし、感動するし。――インスタグラムでも、ヴァレンティノをフォローしているのが世界中に七百万人ぐらいいて、写真がアップされると大量の人が「いいね」って押してます。その一票になんの価値も義務もないのに、惹きつけられちゃうのはなんでなんだろう。

川上　それは、ファッションやそこにある素敵な服飾品に対して「いいね！」といえる自分、その良さをわかる自分を、可視化させるという欲望が働いているんだと思う。だって選手のことなんか何も知らんしふだん興味なくても、スポーツで盛りあがる。事件も、何もかも、一方的に発信されるものはすべてが劇場だから、無責任にかかわることができて、ある意味ではそれでいいんだよね。そしてその一部が、ときに自己実現の一端を担うと。だってわたしも、いまのグッチが最高だと、アレッサンドロ・ミケーレをすごい天才だと思っていることを、他の人にも知って欲しいという気持ちがぜったいにあるもん。そうなると、すべては承認欲求と自意識の問題に回収できるのかとうんざりするけど、でも、なにかを推すというのは、やっぱりそれを推してる自分のことを自分で推してるってことだから。

だからファッションにコミットするということは、あるいはどんなジャンルだってそうだけど、相手の威光を借りることでもあるよね。微かな光であっても威光を借りて、自分を表現するという。だからファッションには、そういうちょっとした後ろめたさがつきまとうのかもね。

――ファッションは、相手の威光を借りるから後ろめたいって、至極名言ですね。川上さんならではの繊細な分析だと思います。と同時に、もっと大枠の「後ろめたさ」もファッションにはつきもので、そのあたりが、エッセイにもある、震災時にファッションを語ったり、お金を消費に回したりすることの自主規制とか萎縮の問題（「自粛のつもりはないけれど」）にも、つながっている気がします。人はいつだってファッションに浮かれていていいのか問題、といってもいいのかな。もうひとつは、わたしは美食やおしゃれといったある意味で非倫理的な人間の営みや、それについての言説が、不特定多数の人々のポリティカル・コレクトネスで封じられるご時世になるのはいやだなと、素朴に感じているんですが、でも、どうなんだろう、川上さんにそのあたりを訊いてみたくて。

川上　たとえばいま、シリアの難民の子が雪のなかで毛布をかぶって夜を凌いでいる。文学には無数の動機があるけれど、でもわたしは、どうしても、どうか、ここから文学が生まれてきてくれと思ってしまう。絶対にいまのことを忘れないで、がんばって生き延びて、そこで本当に何が起こったのかを書いてくれよと、それは本当に思ってしまう。文学というものにもし意味があるなら、そのひとつは彼らの声を掬いとり、書くことで生きさせること。それが文学の仕事じゃなかったら、なんなんだと思うんです。恥知らずといわれても、否定されても、それは信仰に近いものとして信じているところがあります。

ひるがえって、わたし自身はどうか。日本という環境においてはサヴァイブしてきたほうとはいえ、レベルの問題としては比較することもできない。戦争を体験したこともないし、真の意味では、生死をさまよったこともない。もちろん、壮絶な体験をした人に、より強度のある小説を書く資格があるといいたいわけじゃもちろんないし、そんなことはないけれど、でも人間に体がある以上、経験というのはやはり壮絶なことだと思うんです。詩人の石原吉郎が、シベリア抑留の体験者でありながら、詩に一番大事なものはなにかと聞かれて、リズムといい切ったことに穂村さんは感動したらしいけれど、あの体験があってなおリズムと答えることに意味があるわけです。もちろん書くことを支えるのは技術ですよ。それは前提のうえで、しかし信仰に近い形でそう思ってしまうところがある。

それで、はじめの話に戻ると、ファッションや美食について語ることの有効な意義もあると信じているいっぽうで、つねにある白けた気持ちは拭いきれない。ナイーヴなものいいであるのは承知のうえでいうと、生き死にがかかった世界に、やっぱりおめかしもなにもないもの。だからこの連載をしながら、この話題がどこで有効なのか、手探りというか、ものすごく緊張していたところはありました。

――なるほど、そうか……。わたしは朝日新聞という、日々の暗いニュースがてんこもりの紙上で、厳しい現実を一瞬乗り越える力としての、キラキラしたチャーミングなエッセイととらえていたけれど、書くということはそういう責を負うわけですよね。

川上　そう受け取ってもらえていたのは、すごくうれしいな。でも、たかがお金のことではないか、という気持ちも同時にあるんですよ。そして、お金とファッションって、もちろんものすごく密接ではあるけれど、本質的には関係ないともいえるでしょう？

それに、状況が変われればモノの価値って一瞬で変わる。ヒールの靴なんて、まったくの命取りになるし、いま巨大地震が来て外に出されたら、わたしが今着てるこのセーターなんか防寒具としての価値はほとんどゼロ。でも、こうしたあやうい価値をわたしたちは価値として、この一瞬、限定的な一瞬に、見出すことをしていて、それを享受するのも、いま一瞬の価値を懐疑的に見るのも、同時にやっているんですよね。

――いまのは、ファッションとはなにかという問いの、けっこう率直で誰もが納得できそうな答えの気がします。

川上　ファッションは楽しいけど、それは緩衝材的に、一瞬フィクションとして働いているだけで、つねに自分に疑問を抱かせるものでもある。ファッションは、自分を不安にさせます。根源的な不安にせまるときも、無責任に楽しめるときもあるから、ファッションは奥深くて、いつも夢中になるんですよね。まさに不安と恍惚のふたつ我にあり、です。

（二〇一六年二月八日）

おめかしについてわたしたちが知っている二、三の事柄

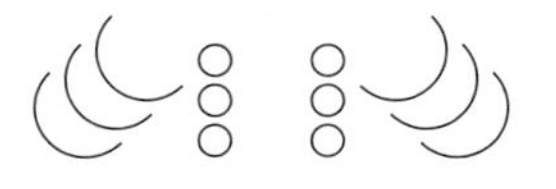

聞き手　江南亜美子

ミケーレとラガーフェルド

――単行本刊行時に語り下ろしのインタビューをしてから、三年半が経ちました。文庫化するにあたり、またお話しできるのがうれしいです。わずか三年半でもファッションの世界ではデザイナーの交代劇が目まぐるしく起きたり、時代の変化にあわせて新しい価値観が生まれたりしている。前回は、グッチのクリエイティヴ・ディレクターに就任したアレッサンドロ・ミケーレが世界中のファッションラヴァーを熱狂させていたころですが（川上さんのミケーレ愛は、文庫で新しく収録された一七二ページのエッセイにもあふれています）、彼の登場で匿名的なノームコアの流行は完全に終わり、アスレジャーを経て、いまや八〇年代以上の空前のロゴブームになった。ことブランドに関していえば、おめかしすることが、記号化というか、ブランドの広告塔になるのと接近している部分もありますね。

川上　ミケーレは本当に突出した才能だなと思います。SNS時代の、つまりインスタ映え（ばえ）が大事なミレニアル世代にとって、ロゴも含め、ひとつのブランドを着ていたらすぐそれとわかる目印は大事なわけですが、ミケーレはそれを一撃で見抜いていた。シックなシルクのワンピースだとしょっちゅうは着れないけれど、ふだん着のように取り入れられるアイテムが多いのも勝因だったよね。着やすそうで、スウェットとかカーディガンとかスニーカーとかスリッパ型の革靴とか、着れば一瞬でおしゃれな人に変身できて、でも値段が張るからみんなが買えないものを着ているんだというステイタス……この差別化と憧れをうまく生みだせたのが彼の強みで、まるで舞台衣装のようなデザインなのに、まだまだ熱狂は続いている気がします。

デザイナーの交代劇といえば、エディ・スリマンがセリーヌのデザイナーになったのは衝撃でしたね。最初のコレクションでは（2019春夏）、ロックでストイックなこれまでのエディらしいスタイルを貫いて、前任のフィービー・ファイロのしゅっとした大人の路線を大転換させたけど、二シーズン目（2019—20秋冬）で、おばあちゃんちのこたつ布団みたいな柄とか茶色のボックスプリーツのひざ下スカートとかを発表して、「セリーヌのエディ」を見せてきた。エディもプレイヤーなんだなと思いました。経営者との契約に応じて、自分のカラーを抑えてでもセリーヌの顧客も満足させるよ、という仕事人……いまのデザイナーはアーティストであり、同時に経営センスも問われるビジネスマンでもありますよね。

でも「エディよ、それでいいのか」と問い質したくなる気持ちもあります。サンローラン時代のエディにはとくに、炭水化物を摂取するような自堕落なやつはこの服を着なくていいよ、みたいなストイックさがあった。そんな、着る人をブランド側が選ぶようなスタイルに熱狂して、エディのカリスマは高まったわけで、そのアーティスト性をセリーヌでも貫いてくれたほうが、「自分も頑張ろう」と思えたんだけどな。フィービーがセリーヌで描いた女性像は、自立したぶれない芯のあるミニマリストって感じで、それに共感した女性客も多かったはず。その顧客も満足させるためにはエディですら、千鳥格子のキュロットも作るぜという感じかもしれません。

――革ジャンのそで幅もちょっと太くするぜ、と。

川上　そうそう（笑）。サンローラン時代にエディのトレンチコートを買ったけど、細すぎて腕が上がらんくて、二回ぐらいしか着てないもん。そんなストイックさが緩んだのは残念な気もしますよね。

――デザイナーの交代で、ブランドのアイデンティティまで変化しちゃう時代にあって、唯一といっていい、ずっと変わらなかったブランドがシャネルです。それはカール・ラガーフェルドというドイツ生まれの偉大なデザイナーが、一九八二年から一貫して手掛けていたから。この生きる伝説だった男も、ついに今年(二〇一九年)二月に亡くなりました。

川上 シャネルの服は、十九歳のために服はあるという誰かの格言通り、若くて細くてむだのない体で着てこそ美しいんだけど、長年マダムたちに愛好されるブランドとして一目置かれてきました。グッチやセリーヌのようなファッション・コングロマリットの覇権争いにも関係なく、独立している。コレクションのたびに世界観の構築がいつもすごくて、一回のショーのためだけに、人工の砂浜や雪山を屋内に作ったり、スーパーマーケットを完全に再現したり。やりすぎやろー!とかいいながら爆笑して、心の底から感動して涙がにじむ、みたいな。わたしもずっと大好きだったカール様へのリスペクトとして、最後のコレクションのなにかを記念に欲しいなと、そろそろ店頭に並ぶお洋服たちを楽しみにしているところ。

わたしが自分でシャネルを買うようになったのは三十歳をすぎてからだけど、じつは九〇年代にも間近でよく見てたんです。十八、十九歳ぐらいのとき、いわゆる高級クラブでホステスをしていたので、お姉さまがたがみんなシャネルを着ていた。ロングドレスにツイードのジャケットか、ミニのツイードのスーツに金のチェーンベルト、みたいな。懐かしすぎる（笑）。プレゼントも、カメリアのバレッタとかブローチとかが飛び交っていて、わたしはカメリアの洗礼を受けてるんです（笑）。ママがシャネルしか着ないお店でも働いてて。やばいですよ、ほんまにシャネルしか着ないんですよ。んで「はよ買えるようになりなさい」とか言われたりして。無理やろっていう（笑）。でも毎日のようにすぐ近くでカール様の服を見ていたのは、いま思えば贅沢やよね。

カール様が亡くなってはじめてのオートクチュールをネットでチェックしたけれど、ずっと右腕としてやってきたヴィルジニー・ヴィアールがまだまだ手探りしているのが伝わってきて、どうもな……。いかにもコンサバで、カール様のレガシーを継がないといけないプレッシャーに負けているような感じがした。もちろんこれからなんだろうけれど。たしかにラガーフェルドの死で、ブランドがひとりのデザイナーによってずっと作られてイメージが守られていく、そんな時代が終わる気がします。

——いわば、誰もラガーフェルドじゃないシャネルはまだ知らないわけで（低迷していたブランドをいまのステイタスにまでひきあげたのが彼なので）、今後どうなるかは期待半分、不安半分ですね。

川上　カール様は、「つぎはなにやってくれるの」という規格外の期待をつねに持たせてくれた。だから彼亡きいま、ほかのメゾンはチャンスなのかも。ラガーフェルドがやってきたことの換骨奪胎を見せられれば、差別化できるから。

転換するリアルとフェイクの価値観

——そもそもブランドの命脈ってなんだろうと改めて考えさせられた出来事が、ラガーフェルドの死であり、エディのセリーヌのデザイナー就任でした。と同時に、服の価値やラグジュアリーという価値の定義も急速に変化してきている気がします。

川上　それは、ステラ・マッカートニーの取り組みで顕著になったと思います。彼女はリアルとフェイクというこれまでの線引きを無効化したデザイナーですね。本物のファー、皮革ではなく、人工のファーとレザーでできたステラの服や靴のほうがいけてると人々が思うような価値観を作ったわけでしょう。ステラの話じゃないけど、いま、合成ダイヤモンドも技術が向上していて、天然と大差がないらしいです。赤外線やX線を当てれば識別できるというけれど、逆にいえばそうでもしないと判別がつかない。輝きは一緒。ここには、合成のほうがたんに値段が安いからいいというだけではなくて、ダイヤの取引がアフリカとかで紛争を起こすという背景もまったくないぶん、清らかな気持ちでそれを身につけられるというメリットもあります。

――採掘でまず人々を搾取し、その資金がさらに紛争を激化させるという、「血塗られたダイヤモンド」とよばれる事態ですね。

川上　合成だとそこを切り離して美しさだけを楽しめる。同じように、いま本物のファーの手触りはつやつやでゴージャスだけど、それ以上に本物のファーを着ることの罪悪感が、一部のエコ・コンシャスな人たちには根づいてきていると思うんです。本来ファッションを愛する人たちが持っている知性に照らせば、リアルファーのコートなど、恥ずかしくてもう着れない。リアルのミンクだセーブルだといって喜べるのは、動物虐待などどうでもいいと思っている時代遅れかつ反知性的なマダムたちだけ、という理解になってきているんじゃないかな。ジェーン・バーキンは、エルメスのバーキンの名前の由来になった俳優ですが、彼女はいまの時代の皮革というものへの疑いから、自分の名前をバッグから外すようにブランドに要望しているみたいだし。

リアルだから価値があり、フェイクだから無価値というのも、そろそろ逆転してきてますよね。先日、SNSの自撮りですごく人気を集めていた若い女性が、一部のひと（男の子たち）に詐欺だのなんだのと叩かれて攻撃されるということがありました。なぜか本人が謝罪にまで追い込まれたんだけど、彼女のファンだった女の子たちが、敢然と擁護したんです。ふざけんなよ、自撮りを盛って何が悪いのか。なにを謝る必要があるのか、だれを傷つけたわけでもないじゃないかと。

私たちの体も本物がいちばん価値があり、リアルな自分はこれ、という文脈で語られてきたけれど、十代の子たちにとってリアルな自分とSNS内のフェイクな自分は、並行して同じ価値を持った自分なのかもしれません。嘘をついてごめんなさいと言わせたい層と、フェイクも自分だと考える彼女たちの層には、あきらかな価値観の相違がある。これは面白い出来事だなと思いました。

——フェイクはリアルの代替物で、劣等、という考え方の無効化？

川上　ステラ・マッカートニーはビーガンでもあって、自分のブランドの設立当初からレザーもファーも一切使わずに、ラグジュアリーブランドの代名詞になるバッグすら人工皮革で作って、「ファラベラ」というバッグを流行らせたわけでしょ。あの、厚底のシューズも。言ってみれば、コンセプトによって価値の転倒を起こした。理念で消費者のマインドを変えちゃったわけ。

——象牙やべっ甲も、強度などの実用性や柄の美しさであれば、もうフェイクがリアルを完全に上回ることができます。それでも象牙を欲する人は、そのレア性において欲しがっている。つまり、実用ではなくストーリーによって欲望が喚起されているだけです。だからべつのストーリーによって、欲望の方向を変換させせることも可能なんですよね。

川上　象牙は、象が密猟されて生きながらに牙を抜かれて命を奪われる過程を経ていまここにあるのだという事実が、もっと広く周知されれば、象牙と聞くだけで人々の心に嫌悪感が生まれるはずよね。その人たちが多数になれば、もはや知らなかったでは済まされなくなって、象牙自体の意味が剝奪されると思います。象牙じゃなくていい、そんな背景を持つ象牙なんて、むしろ欲しくないと。

――もちろんわたしも、その意見に賛成なのだけど、一方でファッションは個人的な官能領域に属しています。もっとも個人的な趣味の問題というか。そこにポリティカルコレクトネスのジャッジが幅を利かせ、あれもだめ、これもサステナビリティの観点からだめなどと断罪されることで、デザインや手仕事への制限が起きることに懸念も抱くのだけど。「サステナ」という掛け声のいやらしさ。

川上　いま言ったような過程があって象牙という素材が存在しているのを知った上で、それでもなお象牙でしか表現できないアートや表現があるんだという人がいるなら、「やればいい」とは思うけど。ハラコ、象牙、希少な皮革、ファーといったものは、実際の動物の命があってのものなので、その命を奪う覚悟がある人だけが扱うべきなのではないかしら。真実を知ってなお買いたい人がいるなら否定はできない。ただ、この情報社会で、知らなかったからという無邪気さはもはや通らない気がします。

——情報の共有が進み、それまではごく一部の道楽者たちが占有していたであろう希少素材を用いた製品のことを、広く一般の人たちも知るところとなった。もともと消費しない層に、可視化され、断罪されるようになったわけです。そのことは歓迎？

川上　うん、もちろん。それに、規制が生まれたときこそ、作り手のチャンスとも思う。常識が変わる、価値の転倒を生むというのは、ひとつのワンダーの出現なわけだから。自分たちがなにを核にするのか、自分への問いかけもできるし。わたしはつねに変化は歓迎と思っています。たとえば、ブラックユーモアと差別のぎりぎりのデザインが、ネットの画像一枚でつきあげられることもあるけれど、もしメゾンがその炎上によってデザインを取り下げる事態になったんなら、それはメゾンにそこまで覚悟やコンセプトがなかったということでしょ。論陣を張るでもなく即座に謝罪するしかないというのなら、それはもともと考えが足りていなかったということでしかないですよね。批評性がないメゾンはそもそももう生き残れないと思います。

これまでマジョリティが免罪されてきたことが、どんどん可視化されて、マイノリティから異議申し立てを受ける。これは「#MeToo」の問題でもよく起きていることですが、マジョリティは放っておけば「気づかない世界」に生きていると考えるべきなんです。最近、黒人のひとが絆創膏で自分の肌にぴったりのものを見つけて、感動しているというＳＮＳ投稿が話題になっていました。これまで絆創膏は「肌色」に合わせて作られてきたけど、その肌の色とは白から薄い褐色ぐらいまでを指していたんですね。そのことに私たちは、もしかすると黒人の人たちも気づかずにずっときた。でも黒い絆創膏を指に巻いたときに、これだったのかと気づく。

マジョリティの側が、楽しい、かわいい、きれい、と百パーセント「善」の気持ちでやっていたことだとしても、そのことに違和感や痛みを感じるマイノリティがいたのかもしれない。その従来の構造の欠陥に気づけるようになっただけでも、個人のＳＮＳ発信とか高度情報化社会に意味があるような気がしてるんです。

――なるほど、作り手のチャンスだというのはそういう意味なんですね。

川上　そう。変わりたいと思える、そして実際に変われるメゾンは強い。それはメゾンの話だけではなく、私たちも同じだと思う。最初から正しさのすべてを理解している人などいないんだから。

ヒールもスカートも選択権は自分

――今回の文庫化では、「フィガロ」で連載されていたエッセイが新たに追加されました。そこに、「失意の中で輝く誇り」と題されたものがあり、ここでヒラリーがパンツスーツで大統領戦に臨んだことがとりあげられています。女性と既成のTPO概念という意味では、最近「#KuToo」問題が話題ですよね。女性が会社などからヒールの靴の着用を義務付けられることがあるが、ヒールを履くか履かないかの選択は女性自身にさせてくれ、という運動です。

川上　苦し紛れによく言われる理屈として、人と会う礼儀として男性はネクタイをする。それと同列で女性はヒールの靴が推奨されているんだ、というものがあります。もちろん暑い日などにネクタイも息苦しいだろうとは思う。でも靴は、体自体を自然でないほうに変形させることもあるわけで、ネクタイと同じではないでしょう。これまでなんとなく慣習的に継承されてきたTPOの考え方を、抜本的に見直す時期に来たというだけの話ですよ。というか、ネクタイに抑圧を感じるなら自分たちで変えていきなよ、という話。自分たちも我慢してるんだから我慢しろなんて、どう考えてもおかしいでしょう。

少し前まで、ナースの制服はタイトなスカートというかワンピース状のものに白いタイツでした。ナース帽もかぶって。でもいまそれは衛生面からも、機能面からも改善が図られて、下はパンツというひとが多いですよね。誰のための、なんのためのオフィシャルの場なのかを考えれば、そうなって当然です。キャビンアテンダントも、スチュワーデスと呼ばれていた時代までは、男性客が圧倒的に多いなかでそのお世話係という意味合いもあったかもしれない。男性中心的な視点から望ましい格好が採用されてきた歴史があったんだと思う。でも、お客さんに老人も子どもも、もちろん女性も男性と同じようにいるいま、機能性から考えてもあまりにミニのスカートは現実的でないですよね。

ときどきリベラルを装って、女性のミニスカートをはく権利、ハイヒールを履く権利を守りたい、そういう女性による女性らしさの表現を奪うのか、とか言い出す人たちが出てくるんだけど、心の底からうんざりするよね。どこの話をしているのか、しっかり聞けよと思ってしまう。今は飛行機のなかでキャビンアテンダントが強いられているミニスカートの話をしているのであって、それ以外のミニスカートの話はしていないっていうの。問題視している当事者の女性たちは、履きたいときには自分でそう決めて履くからほっといてくれよ。職場でヒールの規制がなくなったら街なかからヒール靴がぜんぶ消えるという話じゃないんだから（笑）。当事者に選択権を与えろという、シンプルかつ当然の話ですよ。

——夫婦別姓の婚姻の問題も、同性婚も、ほぼそれですよね。

川上　既得権益を持っている側は、的外れなフレームアップで、自分たちを脅かしそうなものを規制しようとする。看護師のユニフォームが長い時間をかけてでも変わっていったように、公立学校の女子生徒もズボン型の制服がだんだん選べるようになってるように、変わっていくべき時期だと思う。すぐやるべき。好きにさせろ、これしかない。

女性が自由な選択権を行使したり、男の人の目線からではなくて自分たちの本心から適正と判断したことを求めたりすると、そのことを腹立たしいと思う男性たちがまだ存在するんですね。日本の同調圧力の強さでもある。正解はひとつしかなく、それはわれわれがここまで決めて守ってきたことだという。むかつくよね。

――ちょっと視点を変えて、では「着物警察」の人たちはどう？　伝統的な着物の着方はこれなので、それ以外は認めないとばかりに、ちょっと気崩したりルールから外れた着方をしている人を見つけると、警察かのごとくうるさく注意するおばさまたちは。

川上　伝統を守ろうといくらうるさがたが言っても、着物にブーツを合わせる、襟を抜き抜きで着たい女の子たちはいつだっているよね（笑）。観光地で着物や浴衣を着て、その和風のイメージを楽しみたいという人たちは、どんな着方をしていてもいいと思うんです。人の勝手。ただ、伝統的なきちんとした着物を、正しい帯や帯締めとあわせて着たいという人は、理想像に近づこうとちゃんと勉強して練習もするでしょう。そのふたつの層は並行世界というか、交わらないんじゃない？　視界に入ったら、お互いを認めあって、共存するしかなくて。「着物警察」も、デニムの着物に水玉柄の帯をあわせてヒールサンダルを履いてる人には、何も言わないと思うし。でもちゃんと着ようとしている人のお太鼓結びが歪んでたら直したくなっちゃう気持ちはわかる。それはマウントというよりも、「タグが出てますよ」と言ってあげるのと同じ親切心なのかもしれないね。まあそれも余計なお世話だよと思う人もいるだろうけど。わたしは自分が着物のことで言われたら、ありがとうございます！って感謝するタイプですね（笑）。素直なんですよ。

そんなふうに、わたしもエッセイに書いたように着物道に入りかけたのだけど、自分では着られないので、着るときはいつも着付けの先生にお願いしているんです。すると彼女の審美眼にかなうようにできあがる。その先生は「どこに出してもはずかしくない着付けをします」と言ってくれるので、ああ、やっぱりそういう厳しさのある世界なんだと震えました。着物は洋服と違って買えば終わりじゃなくて、コストがかかるんですよねえ。

たとえば、桜の柄がある、藤の柄がある。季節の花なので、基本的にはそのシーズンにしか着られないんです。でもそんなにたくさん買えないから、三シーズンは着られるいくつかの花が一緒になった柄のものを選んだりすると、その着物はワンシーズンだけのものより一段落ちるとみなされるわけ。値段もすこし安かったり。帯締めは帯締めで、上野の老舗の「道明」のものなど、永遠に見ていられる美しさがあるんだけど、この帯にこの帯締めはないとか、不文律のルールのようなものが無数にある世界で（笑）。

——よく着物道は沼だと聞きます。はまると抜けられない……。

川上　着物と帯と帯締めの関係とか、ポーカーみたいなところもあって。ロイヤルストレートフラッシュでどうだ、みたいな。たとえば江戸小紋と呼ばれるものでも何種類もあって、それぞれ格もある。それにどんな帯をあわせると粋か、無限の組み合わせからひとつを選んでも、正解がよくわからない。着物は極めようと思ったら、いいものか悪いものかが一目瞭然で、破産への道が目に見えるよね。というわけで、沼をずぶずぶと深みまではまる前に、これはやばいと正気に返ってこっちに戻ってきたのが現在の段階です。

でももういっこだけ言わせて。日本人の心性と着物って、そもそも似合っていると思うのね。というのは、着物も型通りだから。ドレスのようにデザインで形が変わるわけではなく、基本は同じ形で。あとはどう季節や場所に応じて、組み合わせていくか。そこに経験とセンスと、それから経済力といった背景のすべてがあぶり出される。話しながら恐ろしいと思うけど（笑）、でも俳句や和歌の短詩形において、定型のなかでいかに言葉を組み合わせて飛躍するか、勝負するかと構造は同じなんです。着物って定型詩なんですよ。

ものではなくストーリーを増やしている

――着物沼からは命からがら生還した川上さんですが、一方で、おめかし道も三十年ぐらい？　散財もしつつ、ファッションの楽しさ苦しさを味わってきました。ところが四十歳もいくつかすぎて、外見ではなく中身。ヨガやランに熱心に取り組み、とにかく外見を着飾るのも大事ながら、心の平静を保つことにも重きをおくようになってきたように感じます。

川上　外付けの発奮材料では持たなくなってきたというのが、正直なところ。毎日がしんどすぎるから！　お風呂だけでは体が温まらないから、走って体温を上げてる、みたいな。酸素ハイというか、走って脳内物質を分泌させて、それで生きていってる感じです。いままでなら楽しいこと、テンションのあがる買い物で、その日一日ぐらいは持ったけど、もう外圧では無理ですね。内側から持続性のある「はげまし物質」を出すために、わたしは走ってるんですよ。時間があるときは週に四日、六キロから十キロはジムで走るようにしています。それもこれも、小説を書き続けるために。

――おおー！　書くために走る。村上春樹さんにも似て、ストイックですね。

川上　いや、ずぼらな人ほど走らないといけないし、わたしは運動ができない日がつづくと滅入って、すぐに心が暗くなってきちゃいますね。子どもを産むまえは、書けない書けないとか言って、十六時間くらい眠って夕方にむっくり起きて、寝起きでしゃぶしゃぶをひとりで食べたりするような生活だったわたしが、まさかこんなふうになるなんて……人生ってわからないものですね。仕事をするために、ジムとヨガはドーピングです。ほんとうに加齢したんだなと思う。若い頃って胃もたれもしないから自分の体の胃がどこにあるのか、意識したこともなかったじゃん。でもいまは胃のありかがよくわかる（笑）。それと同じで、自分がこの体に閉じ込められている不自由さをひしひしと感じます。子どもを見ていると、彼らは意識をどこまでも拡張できるから、よろこぶと飛び跳ねるし、体がないのと同じなんですよね。

――おめかしを愛しながら、心身のために内的な興奮物質の出し方も手に入れたとなると無敵な気がしますが、加齢問題とからめていえば、ものを持ちすぎていることの恐怖とかはまだ感じないですか？

川上　コンマリ（近藤麻理恵）のスパークジョイ、断捨離的なものね。でもまだいいような気がします。先日祖母が大往生で亡くなって、そのときに彼女はからだ一つで生まれてからだ一つで死んでいったなと感じました。財産もないし、ものも持たずに暮らして、なにも残さずに死んでいくのはすごくいいなと。本当に何も残さなかったの。樹木希林さんの比じゃないですよ（笑）。いままでわたしはいろんなものを買ってはきたけれど、どこかばかばかしい気持ちもあるから、最後は何も残さずに死んでいくのが理想。子どもに何がなんでも財産を残したいという人の話を聞くと、うっすらと嫌悪感を抱いたりもする。だから時期が来たら、すべてを処分していいと思っているけれど、まだ四十代はこれでいいかな。これは消費社会に生きることの言い訳ではないのだけど、わたしはものを増やしているというより、意味を増やしていると思っているんですね。ストーリーを増やしている。たとえばいま火事が起きてシャネルの百二十万円のジャケットか、おばあちゃんの形見としてもらった古びたチョッキ、どっちかしか持って出られないとしたらぜったいチョッキを選びます。いま自分が持っているなかで、ダントツに大事な服だから。写真を見ればいつも祖母が着ていたその服は、彼女の体が灰になった後もこうして残っている。わたしにとって服のイデアです。そう考えると、私たちはつくづくストーリーを愛しているんだなと思いますよね。

——もはや服は実用のためではなく、ストーリーで買っているし、ストーリーの拘束があるから捨てられない。ほとんど着用してない服のほうが捨てやすく、古びた服ほど愛着する。それはそうです。

川上　これはこれまで話してなかったけれど、わたしのファッションの原体験は「ラ・セーヌの星」というテレビアニメにあるんです。再放送かなにかで一回だけ見ただけなのに強烈に覚えているエピソードがあって。それは、主人公のシモーヌという少女の両親がお花屋さんを営んでいるんだけど、マリー・アントワネットから、ライバル関係の女性との舞踏会の対決のために、入手の難しい花を一晩で用意してドレスに縫い付けよと厳命されるんです。それで夜通しで生花を縫い付けてうまくいったと安堵したとき、負けた相手からの逆恨みで両親が殺されてしまう。もうこれがショックで。たかがお洋服のことで人の生き死にがかかることもあるんだなと。ファッションが人をおかしくもさせるし、またそれほど崇高でもありえて、アンビヴァレンスなものだと刷り込まれた。

なにが言いたいかというと、ファッションはオブセッションなんです。祖母のチョッキがなによりも大事で、幼少期に自分と姉がおそろいのギンガムチェックの服を着せてもらって、祖母と母と一緒にしあわせな時間を過ごしたことがあるという記憶のせいで、ギンガムチェックをみると反射的に胸がつまってしまう。服はわたしにとって体の記憶と近いところにあって、高価なものだから価値があるとはぜったいにならない。いま大事なのは祖母のチョッキですね。

――『夏物語』にも、主人公の夏子がコミばあや姉と綿の揃いのワンピースを買い、大切にするシーンがありました。いまのエピソードとも通じます。

川上　わたしは生まれつきの「思い出ジャンキー」だから（笑）。というのは冗談にしても、ファッションの価値ほど人によるものはないですよ。それは物ひとつひとつにストーリーが密着しているから。男の人はどうなのかな、エディの革ジャンだから息子にいつか譲って着てほしいとかも思ったりするのか、ちょっと聞いてみたい気もしますね。とにかく服の話は永遠に喋れる気がします。それほど謎であり熱狂の対象ということですね。

（二〇一九年七月五日）

JASRAC 出 1908960-901

おめかしの引力(いんりょく)　朝日文庫

2019年9月30日　第1刷発行

著　者　川上未映子(かわかみみえこ)

発行者　三宮博信
発行所　朝日新聞出版
〒104-8011　東京都中央区築地5-3-2
電話　03-5541-8832(編集)
03-5540-7793(販売)
印刷製本　大日本印刷株式会社

Published in Japan by Asahi Shimbun Publications Inc.
定価はカバーに表示してあります

ISBN978-4-02-261984-6

落丁・乱丁の場合は弊社業務部(電話 03-5540-7800)へご連絡ください。

送料弊社負担にてお取り替えいたします。